木乃伊不容易

那些木乃伊生前死後的奇情怪事

李衍蒨　著

目錄

第五章　相信的力量

第六章　神秘木乃伊傳聞

第七章　木乃伊給我們上的一課

推薦序

死亡，永遠是令人恐懼之事，而古埃及人製作木乃伊（mummy），保存肉體以供死者復活，這亦是普遍人所認知的木乃伊。不過，世界這麼大，只有古埃及人懂得製作木乃伊嗎？

現代考古學家發現的木乃伊遍佈全球，東南亞、南美、歐洲，以至阿爾卑斯山區也有，不同民族也有不同的木乃伊製作方法，但亦大同小異：將內臟挖去，再用如乳香等香料將全身塗抹防腐，再將之風乾 —— 情況其實有點像我們吃的鹹魚。又例如菲律賓呂宋島上名為伊巴洛伊（Ibaloi）的土著部落會以煙燻方式製作木乃伊，慢慢抽乾先人體內水分，最後再以香草塗抹到屍體皮膚上進行防腐。

這種做法當然是人類文化，有意識地保存屍體的做法，但大自然也會施以魔法，將一些古代文化以木乃伊形式保存下來，這些自然木乃伊化在極端的環境如極低溫、酸性、

極乾旱、或鹽度極高的環境埋葬下，可以自然長久保存。

例如奧地利及意大利邊境交界的阿爾卑斯山脈奧茨塔爾山（Ötztal Alps）冰川上，就曾有行山者發現一具保存完好、有超過5300年歷史的天然木乃伊，後來這具神秘木乃伊被命名為「冰人」奧茨（"Iceman" Ötzi）。

正正是因為奧茨塔爾山天氣乾燥、溫度極低，形成一個巨型雪櫃，才將冰人保存下來，而冰人身上多個線條紋身，一直是考古學家非常有興趣的研究領域，到現在我們也只能懷疑是作為紓緩痛症及發炎；而到底5300年前的歐洲古人類是如何在嚴峻環境下生活？我們依靠的資料就是這些木乃伊與其他遺留下來的文物。

當然，現代人類也有製作木乃伊，有的是為了保存摯愛，有的是拿屍體賺錢，但這些有趣的故事，也要有心人才會告訴你，感謝李衍蒨我們才可窺探到木乃伊的秘密。這並非神秘學書籍，而是實實在在地匯集了文化、文明、科學知識的讀物。無論你是喜歡木乃伊，還是對世界有好奇心，這本書也值得保存與細閱。

《立場新聞》科學版編輯
Alan Chiu

自序：
到底甚麼為「人」？

我想分享一個小故事。

一名約九歲的小女孩，戴著現時看來極度老套的眼鏡，拖著家人在香港某個屋苑附近的商場逛街。走到商場中庭，看到正舉辦書展，二話不說就鬆開家人拖著的手走到書海前。

沒走多遠，她就被一本放在「豬肉檯」的書吸引著。書封面用上淡紫色背景，襯托著黃金亮麗的圖坦卡門石棺面具。黃金面具上的線條、顏色的配搭已讓她定眼，後來才看到深紫色的書名 —— 《世界十大謎案》。小女孩掀開書的目錄，簡單瞄了一下到底是哪十大後，便選了有關法老王圖坦卡門的章節，開始打書釘。

想必是已經過了十多分鐘，家人來問小女孩是否可以離開時，看到她緊握著一本紫色封面的書，便建議把書本帶回家。就這樣，小女孩擁有了第一本有關埃及文化及木乃伊的書。

輾轉間，已過了二十年，小女孩那副極度老套的眼鏡已經放在家裡的雜物櫃，換上隱形眼鏡。而小女孩房間的書架上有關木乃伊甚至古埃及文化的書，則由最初的一本，變成了接近二十、三十本，甚至在此寫了一本有關木乃伊的書，果然是十年人事幾番新（何況是二十年）！

經常被問到木乃伊以至埃及有甚麼吸引我的地方，以前的我，可能會回答你這個已經失落的文明背後的智慧及文化並不簡單，神秘又有趣。今天的我除了覺得它們有趣之外，還覺得其實從宏觀來看，古埃及文明對人的理解很深入，很有研究。

木乃伊的出現可以是人為，亦可以是大自然一個美麗的意外，在今天的社會，已不太可能有機會出現。大部分木乃伊再發現後，要不送到博物館裡去，要不被收藏家據為已有。這本書有不同類型的木乃伊故事，有些在世時被嫌棄、被邊緣化，死後卻活得比在世的時間還要久；有些莫

名地被人民當作尋找寄託、希望的象徵，或是淪為政治道具；有些則徘徊在神秘學傳言與科學論證中間。透過這本書接下來的故事，我們認識到如何有效保存屍體之外，最重要的是了解這些很有趣的館藏、收藏品，其實曾經也是一個活生生的人，而透過其木乃伊，我們可以嘗試理解他們一生所經歷過的故事。

這本書並不專門寫古埃及木乃伊，而是寫我讀過的、來自世界不同角落的木乃伊及他們背後的故事，姑勿論是男、女、小孩還是動物，他們也有他們自己的價值及故事。要把所有木乃伊的故事都收集其中當然不可能，也不是我的意願；把木乃伊從只是展品的館藏編號、發掘編號，還原成有血有肉的故事傳承下去，才是我的目的。

常言道「未知死，焉知生」，在研究木乃伊時其實也是同一道理。木乃伊就像是時光機，把我們這些旁觀者帶到以前的文化，甚至當時人死後被存放的地方。木乃伊的安放方式、準備方式、陪葬品，甚至細如上面的畫作、選料選材、繪畫風格等，都在給我們各樣有關過去生活的提示。最重要的是，這些都透露著前人對於「人」——無論生者或逝者——的尊重及看待方式。除此之外，從另一角度來看，我們如何理解、如何解讀這些木乃伊，也正正代表了

我們現在如何為「人」這個角色下定義。

願掀開這本書的你，會跟小女孩看到印有圖坦卡門黃金面具的書時，有著同樣的興奮心情去聆聽故事！

現在讓我們鬆開藏著木乃伊們的故事的古舊白色繃帶吧。

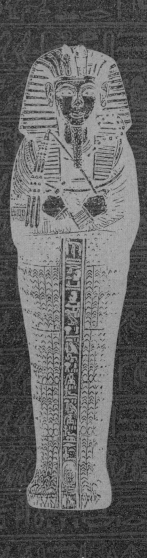

CHAPTER ONE
木乃伊的定義

甚麼才是「木乃伊」?

一講到「木乃伊」,必然會自然聯想起古埃及法老王被祭司小心翼翼防腐,慢慢用繃帶纏繞屍體,最後被安放於金字塔裡,永遠長眠。這樣的木乃伊,可俗稱甚至理解為「乾屍」——以不同方法阻止屍體(繼續)腐化,令到逝者可以永遠保存。

但,到底學者們是如何定義「木乃伊」的呢?

部分人類學家對於屍體以人工或天然方式的演變程序及保存方法,都有著深入的研究。有些會將因為這些演變程序或保存方法而留下來的「製成品」定義為「木乃伊(mummies)」,並以「木乃伊化(mummification)」來稱呼那些以人工方式協助保存,再配以當地環境及氣候的協助而變成的乾屍。人類學家視風乾為其中一個可以用來天然保存屍體的方法,而整個過程目的是要阻止屍體腐化,因此最後保存下來的不一定是「全屍」,而可以只是屍體的一部分。

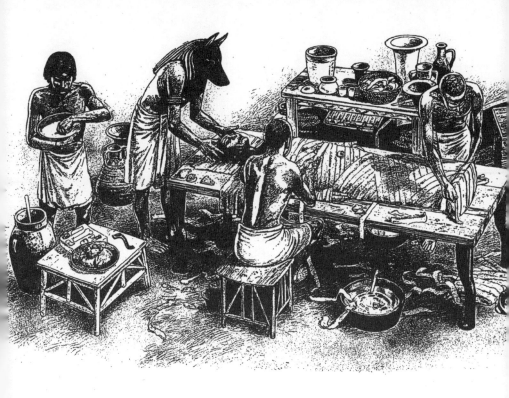

木乃伊定義　仍未有統一標準

按照一般學界理解，要將屍體定義為木乃伊，必須保存一定量度的軟組織。不過「量度」的定義很廣，因此甚麼屍體會被定義為木乃伊，甚麼會定義為骨頭化（skeletonized）[1]，到今天為止，界線依然很模糊。學者曾分別嘗試定義木乃伊為「一具屍體或者身體部分有自然地或人工地保留的軟組

[1] 骨頭化為屍體腐化的最後一個步驟。此刻，屍體的軟組織應該也已經腐化完成，雖然屍臭味仍會維持一段時間。以屍體頭顱裡的臭味為準，死亡時間一般都約有幾年但不多於十年的時間。

織，包括皮膚、肌腱甚至部分韌帶、器官、肌肉等」；又或為「一具實質保存下來的屍體或組織能夠保存得類似其活著時的狀態，但同時因某些因素在死後一段長時間內拒絕繼續腐化」。這些定義都為「木乃伊」的意義添加了一份彈性，幾乎就可以總結為一具屍體在死後一段長時間內，依然能保存部分或全部軟組織，就是一具合規格的木乃伊。不過這定義並不適用於所有的「木乃伊」身上，以秘魯的新克羅（Chinchorro）木乃伊為例，其製作過程必須先將屍體上的軟組織去掉，如果按照上面的定義，他們就根本不能和木乃伊扯上關係，但他們也是被公認的木乃伊。由於學界及木乃伊研究這個界別中，沒有一個對木乃伊最基本的定義，因此到底甚麼是木乃伊，其實很依賴調查人員及研究員的判斷。

今天要防腐屍體，防腐技術已取代以前天然木乃伊的「風乾（desiccation）」製作方式。當中最大的分別是以化學物質來「鞏固」屍體裡的軟組織，以取代屍體裡面的水分，因此這些防腐過後的軟組織，並不像古埃及法老王的屍體般完全風乾。有美國的防腐師曾經寫道：「當今的殯儀習俗與古埃及的最大分別，在於現在會使用的化學物品及儀器，以及著重於以暫時化妝技術去重塑屍體，而不是保存木乃伊（"The major differences between current funeral practices and those used by the Egyptians are the use of modern chemicals and equipment, and an emphasis on temporary cosmetic restoration rather than preservation of mummies.")。」防腐技術最初普及，是因為要保存陣亡於戰場的士兵，確保屍體能回到家鄉，繼而安葬，甚至在今天的美國猶他州，也有一所專門為現代死者製成木乃伊的公司。而一般我們認知的木乃伊製作可以是意外，又或是沒有想過能在有生之年會再見到先人，認為先人的遺骸會再次於後世（afterlife）使用。兩者的目的不同，不過卻一樣能夠保存屍體。

因此，要了解木乃伊的故事，不可以單從科學角度出發，而必須要從該木乃伊的發現地，以及當時的文化作為背景開始了解。其中一名領先木乃伊研究的學者Arthur Aufderheide指出，在這個領域當中，很多時研究員都被木乃伊的保存狀態所著迷，而忽略了周邊，特別是考古及出土背景。因此他提出，研究木乃伊必須為一個多角度思考的科學。

有鑑於此，接下來的內容會先為大家簡介如何製作一具木乃伊，以及不同類型木乃伊的製作方式。然後，書裡面每一個木乃伊的故事分類，都是按著當中的主角所經歷的一些事、他們扮演的角色，甚至故事背後的一些假設及疑問為主，希望可以藉著他們的故事，除了增長對木乃伊的認識外，還帶出故事當中的人性面。到最後，我也想藉著歷史中對木乃伊研究及欣賞的社交場合，重申我們看待這些木乃伊的應有態度，並藉此成為之後我們去任何相關展覽的一個借鏡。

木乃伊
是如何煉成的？

在屍體變成木乃伊時，除了屍體的完整保存程度受到注意之外，如何令到屍體得以保存起來，亦是一個需要深入研究的機制。這種研究最簡單可以分成兩種：屍體軟組織保存下來的實質及化學過程，以及當中所牽涉的天然或人為因素。因此一般可以按照以下兩種，來為這個木乃伊機制分類：

1、埋葬學 —— 研究生物如何腐化及最後變成化石的過程，這是依賴自然及生物醫學的研究及專業領域；

2、軟組織的腐化進度及方式如何被改變 —— 透過保存下來的軟組織，去重整及重塑人為因素而影響腐化的證據是否存在。

換句話說，屍體木乃伊化其實是干擾自然的腐化程序。屍體腐化（decomposition）其實主要由自我消化（autolysis 或 self-digestion）及內組織腐化（putrefaction）兩個過程組成，以達到腐爛（decay）的階段。一般法醫學多聚焦於後者上。而屍體腐化的速度會按著不同屍體的體型、環境因素、屍體有否衣物覆蓋所影響。身體自我消化幾乎是在身體停止心跳及呼吸那刻開始，這是由於身體內的某些酵素沒有再接收到大腦的指示，於是開始按照大自然的規律來消化身體組織，因此踏入內組織腐化的階段。這個階段是當脂肪、碳水化合物、蛋白等積聚在身體內的物質開始分解。這兩個步驟從外觀的結果，就是造成屍體膨脹及皮膚剝落的現象。這也象徵著屍體真正開始腐爛，此時的屍體會慢慢分解成液體並減重。在法醫科角度，這些跡象都是用來理解死者已經離世多久，這資訊也對執法單位推斷死者死亡時間非常有用。

屍體腐化除了按著這個既定程序外，其快慢亦經常受周邊環境影響。在部分環境條件下，屍體變成木乃伊是比較容易發生。根據 Casper 定律（Casper's Law），若屍體被放在地面、暴露在空氣中，其腐化程度就好比屍體已埋在地下八個星期，又或是浮游於水裡兩個星期的情況。可見要成為木乃伊的話，必須要減少與敵人——細菌、屍蟲、水

及空氣——的接觸，而一般大家接觸的古埃及木乃伊化，
都是從拿走身體裡的內臟開始。

前面提過的木乃伊研究學者Aufderheide，列出七項最基本
的木乃伊條件，包括：乾燥、恆溫效應、螯合物、煙燻、
屍蠟（adipocere）的形成、重金屬的出現及因為環境而令
到細菌或細菌類不去消化屍體（anaerobiosis）。而在這七
個條件當中，筆者特別詳細解釋以下幾個，幫助讀者明白
後文的木乃伊故事：

乾燥（Desiccation）

這分成兩個部分：一是環境條件，改變了軟組織水分蒸發的速度，這可以與風速、溫度、濕度等有關係；另一個因素是身體內在條件。有研究指出，在生前逐漸減低進食及水分攝取，就會令死後的屍體脫水及減少脂肪，令屍體更容易成為木乃伊。東南亞、日本都有僧侶奉行禁慾主義的（極端）修煉，作為一種哲學，以克己及禁慾等方式修行，讓自己更接近「真理」。他們會飲用漆樹（Urushi Tree）的汁液，其毒素可以預防蛆蟲於屍體上出現，防止屍體腐化。同時，僧侶都會保持打坐，繼續以呼吸運動減低體內的脂肪含量，幫助死後的屍體防腐。

恆溫效應（Thermal effects）

身體內腐化的酵素與細菌的一切活動，對周邊溫度都非常敏感。在合適的環境下，它們會極度活躍。相反，在低溫環境中，它們的活躍度就會減低。因此，在低溫環境如珠穆朗瑪峰及南極等地，屍體就等同被放在天然的冰箱，讓屍體得以保存。

螯合物（Chelation）

幫忙保存歐洲酸沼木乃伊的重要一員，就是泥炭蘚屬植物（sphagnum）。這種植物死後，會分泌多醣（polysaccharide）阻擋細菌代謝作用。它會與鈣離子（calcium ions）結合起來，因此令到酸沼中的屍體的骨頭比較脆弱。不過這個化學特性也有個好處，就是可以令到鈣質不能與細菌結合進行代謝作用，此舉有效保存所有有機物質，包括皮膚、木、皮毛、衣物等等。

煙燻（Smoking）

巴布亞新幾內亞的木乃伊，利用火為屍體脫水。屍體會被放在火上，煙燻共約30天。因為火令溫度上升，等於協助屍體變得乾燥。黑煙內的甲醛（formaldehyde）與屍體的組織結合，亦構成一個可以保存屍體的效果。

透過以上不同的木乃伊形成機制，可以了解到製作木乃伊背後的不同科學原理。但我們還不知道，為甚麼有那麼多種木乃伊？到底每個地方是否都有著不同製作木乃伊的原因？了解這些問題，可讓我們開拓更多角度去研究木乃伊們生前的故事。

為何屍體會成「伊」?

學者們除了以製成木乃伊的環境來為木乃伊分類之外,亦有學者推薦以木乃伊背後的製作原因,作為分類及研究方法。這種分類法按著人們干預屍體軟組織腐化的程度作為基礎,共分成三個類別:

1. 人造木乃伊
(Anthropogenic 或 artificial mummification)

顧名思義,這種製作木乃伊的方法是故意加插人為工序,去干擾屍體腐化這個自然過程,令屍體可以變成木乃伊,保存一段非常長時間。

2. 自然木乃伊
(Spontaneous-natural mummification)

這種木乃伊完全純粹基於天然環境，令屍體停止腐化，最終變成木乃伊，期間絕無人工干預。

3. 自然加強木乃伊
(Spontaneous-enhanced mummification)

這分類介乎上面兩者之間，意指整個木乃伊化過程透過人為因素，將一些可以協助製成木乃伊的條件引入到屍體的存放環境中，繼而推進木乃伊製成的可能性。

在這三種分類中，從現今的研究方式下，特別是帶有考古性質的研究背景底下，以尋找人造木乃伊的製作痕跡最為常見。這是由於尋找自然環境的一些有利條件的痕跡，在幾千年後的今天變得相對困難。相反，因為人造木乃伊的製作過程中，必定會留下一些防腐物質或有關製作的物質於存放空間或木乃伊上。因此，這種分類對於人造木乃伊的研究比較敏感。

人造木乃伊，即是用了一定工序去保存屍體，以達到成為木乃伊的境界。其中，最為人熟悉的，一定是埃及的人造木乃伊。

在古埃及悠久的文化中，木乃伊製作的發展非常蓬勃。但到底為甚麼當時他們願意花這麼多資源，去開發木乃伊製作這門專業甚至產業呢？

古埃及人製作木乃伊，以尊重死者及神明為名，也將之看成一個對死後通往後世的自然貢獻。當然，木乃伊製作最初與當地的地勢及氣候也有著莫大關係。

埃及木乃伊的由來

在埃及發現的最古老木乃伊的體內，並沒有發現任何用作保存之用的物質。當時的文化是把亡者直接埋在沙漠裡面，沒有使用任何棺木。之後，隨著習俗改變，亡者的屍體才開始放到棺木及墓穴裡面。因為這個演變，屍體沒有再被埋在地下，屍身也就不會完全乾至脫水。因此，他們開始研究不同可以協助屍體保存下來的方法，直到下葬的一刻。

這些研發出來的技術與當時的宗教息息相關。古埃及相信人由多種元素所組成：肉身、影子及名字。同時，從靈魂層面上，再細分為「ka」——在出生時宇宙所給予生命的能量，可理解為生命力；「akh」——生命的氣息；以及「ba」——人格，代表個人特質，脫離人體後以人頭鳥表示。古埃及人相信，當一個人死後，他的「ka」或者生命力量會離開肉身，四周遊走。他們相信「ka」會吃喝，但活動範圍只會在墓穴裡。而「ba」就比較自由，並且能夠前往諸神審判的旅途，因此有離開墓穴的能耐。他們相信當「ba」

及「ka」連合一起就會產生一種神奇的花火,就是生命的氣息「akh」。他們相信,人死後這些元素會拆解,令到亡者的心智混亂。因此,古埃及人希望透過製造木乃伊來為亡者保留僅有的記憶,令到靈魂可以認回自己的肉身,最後重生。如果木乃伊沒有及時在屍體腐化前做好,「ka」及「ba」就不會有足夠時間去重聚,那麼此人就等於死了第二次(second death)。

製作木乃伊的過程大約需要70天或更長時間。不同王朝,甚至不同社會階級,都有著自己對製作木乃伊的特色手法。但最基本都會包括:從鼻孔中把腦袋勾出來(transnasal excerebration)、在腹腔劃一刀把腹腔內的器官全部取出。心臟是必定會保留的。如果心臟不完整,則會以心臟甲蟲(heart scarab)代替。不同形式的樹脂(resin),亦會用在製作木乃伊的步驟。

「食譜」常見材料

木乃伊製作過程需要極大耐性,並且非常昂貴。這是由於當中需要的材料種類比較多。當中的每一種物質,至今依然沒有完全找到。以下是部分製作木乃伊的「食譜」上最重要的數種材料:

- **氧化鈉／小蘇打（natron）**：用作為屍體脫水，之後防腐師會為亡者塗上油，以保亡者皮膚柔軟
- **樹脂**
- **洋蔥**：用作為亡者肚子內的填充物，或是作為假眼之用
- **香料**：暫時其確實用途還未得到科學證實
- **蜂蠟**：部分木乃伊會用蜂蠟封住口、鼻孔等
- **香及沒藥**：用來塗抹身體及薰屍體
- **棕櫚酒**：按照記載，棕櫚酒用來清潔木乃伊的身體，但依然沒有任何考古學證據證實

由於埃及氣候的關係，製作木乃伊的第一步必須極度迅速，否則屍體會很快腐化。整個潔淨儀式會在三天內完成。潔淨後屍體會送到「wabet（即「pure place」純淨之地）」或者「per nefer（即「house of beauty」美容的房子）」，開始製作程序。

防腐師最先會開始處理屍體的頭部。古埃及人沒有視腦部為思想及身分的中心，因此他們不太著重保存腦袋。他們會把長鉤從鼻子伸入到達顱骨，然後在裡面旋轉起來，目的是將腦袋變得液體化，之後把腦袋拉出來，放到碗內。

之後，防腐師就會在屍體左邊腹腔部分製造一個切口，將內臟從切口取出。古埃及視心臟為人的智慧的中心，因此這個過程中，會保留心臟在原有位置。

將屍體脫水是防腐的重點。防腐師用到的，一般是從附近鹽水湖所取得的碳酸鈉（即類似小蘇打）。他們將屍體放到碳酸鈉中浸40天，亦在體內放入同樣的物質，令身體從內到外完全脫水。按照一名埃及學家於1994年做的實驗，發現一共需要580磅碳酸鈉，才能完全覆蓋及抽乾身體的水分。

之後，多種油及液態樹脂會擦於皮膚上，阻止昆蟲進佔屍體，並覆蓋屍體腐化的氣味。整個過程需要30天。他們最先會將雪松油塗上木乃伊的皮膚，接著是沒藥及肉桂等香料。

抵達金字塔後，屍體會豎立起來放於門口。祭司會帶著阿努比斯（Anubis）—— 古埃及神話中與木乃伊製作及死後生活有關的神，以胡狼頭或狗頭作為祂的標記 —— 的面具，在將木乃伊裹好及放入棺木前，為亡者進行「開口儀式（Opening of the Mouth Ceremony）」，希望逝者在後世仍然可以飲食及呼吸。祭司在說出「你的口現在可以使用，我已經為你『開口』了，我也為你開眼了。（"Your mouth now works, I have opened your mouth for you, I have opened your eyes for you."）」後，就會把屍體連同陪葬品，放入棺木及兩層石棺內。

古埃及木乃伊，最有名的就是纏滿繃帶這個特徵，亦是整個木乃伊製造過程的最終步驟。整個包裹過程需時多天，而使用的布料也是看情況而定。在這個步驟中，所有動作及程序都必須極仔細地進行。祭司亦會在包裹的同時，不停唸相關的咒語。有護身符作用的小牌匾及寫滿咒語的卷軸，也會放在繃帶與木乃伊中間，以對亡者提供更多保護。

最後，一切可謂已經就緒。裝有木乃伊的石棺會連同陪葬品送到「永恆的房子（house of eternity）」。任何與肉體及靈魂有關的元素都已經重新連接起來，亡者準備進入後世，以另一方式重生。

由此可見，文初所說的三種分類方式，雖然有著相類似的結果，最終都能製成木乃伊，不過背後所牽涉的動機甚至理解都不一樣。透過分析這些分類背後的考古成份及背景，可以讓我們了解亡者對該個文化及社會有著甚麼意義。

接下來，我會以六個不同章節，將全球各地的木乃伊及其背後故事，一一為大家解謎。

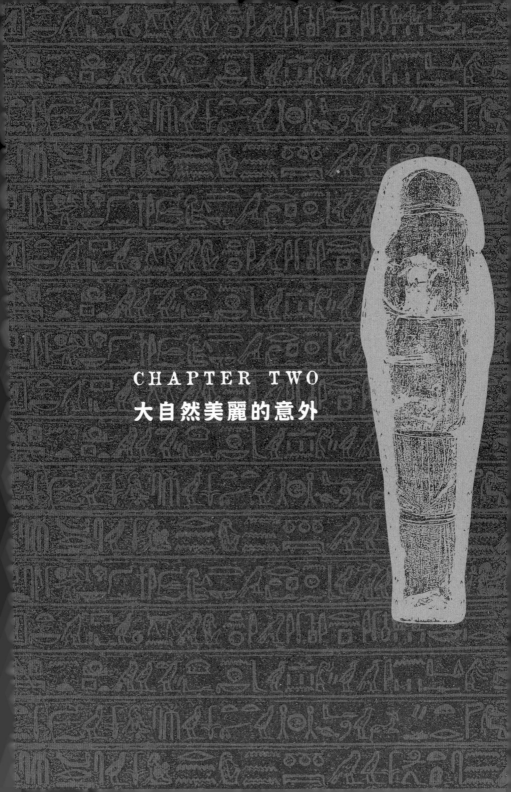

CHAPTER TWO
大自然美麗的意外

謎之木乃伊——
為何屍體不腐化？

木乃伊檔案

發現地點：意大利

數目：15具（原本42具）

發現過程：於一家大教堂下面出土

特點：透過自然過程轉化而成，但背後原因依然成謎

並非每具木乃伊的製作過程都是清晰的，有些甚至到今天依然是個謎，這篇講的木乃伊就是一個好例子。

在意大利的文佐內（Venzone），有一堆極為奇怪的木乃伊。第一具在1647年出土自城內一家大教堂下面，當時一共找到42具完整木乃伊。後來在1976年，當地受地震影響，完整木乃伊數目急跌至 15 具。

讓這些木乃伊突圍而出的是其本身保存狀態 —— 它們從無
被腐化過，因而吸引了研究人員的眼球，去解構到底為何
會這樣。在解剖時，研究人員發現這些木乃伊的狀況及保
存狀態都非常相似 —— 這些屍體在木乃伊化風乾後，形態
及特徵都能保存妥當及被辨識。

研究人員在仔細檢查之下，發現這些木乃伊都非常輕，重
約22至44磅不等，而且屍體皮膚表面都是猶如皮革被曬過
的黃啡色。而且，這些木乃伊是透過自然過程轉化而成，
但背後原因依然令當時的研究人員摸不著頭腦。

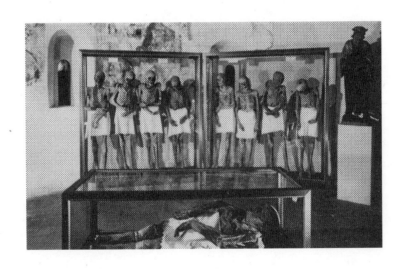

自然界搞的鬼 成因仍不明

作家 F. Savorgnan de Brazza 曾經寫道，雖然大部分來自秘魯、墨西哥及埃及的木乃伊都是人造的，但木乃伊有時候可因屍體存放環境而自然形成。當然這些木乃伊的數量不是很多，但也不如想像般罕見。同時，這些木乃伊的形成，與它們被存放的地方有密切關係，只要把它們移離原本存放的地方，屍體腐化程序便會重新啟動。

新找到的證據，則指整個木乃伊形成的過程都是出於一個生物過程（biological process）而非化學過程（chemical process），即是某些菌類因為屍體的環境協助了它成為木乃伊，而不是因為某些物質的化學作用。對於這些由環境所衍生出來的木乃伊，不同的假設萌生，有說因為鹽份、檸檬汁等，但這些物質在墓裡都沒有找到。

這個謎團的最新發展則指出文佐內木乃伊的形成，可以歸咎於一種真菌 *Hypha tombicina* 的出現。研究員在幾具木乃伊及木製棺材上都找到這些真菌，它們會迅速將屍體內的水分抽乾。屍體腐化跟三種因素有關：水分、細菌及空氣，因此在沒有水分以及密封的情況下，屍體自然就不會腐化。多得這些「小幫手」，屍體可以在一年之內從有軟組織的情況下，變成像羊皮紙般的質感。

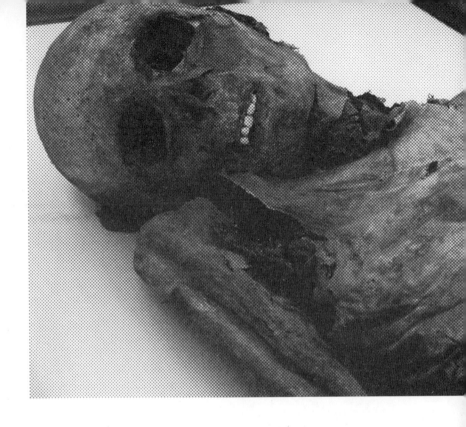

不過在 2003 年，有其他研究人員對 *Hypha tombicina*「製造」出木乃伊的說法提出質疑，指在墓中採集的樣本根本找不到這種真菌的痕跡。相反，他們在墓中地上找到石灰，因而懷疑木乃伊形成是跟石灰有關。石灰是用來防止腐化中的氣味傳播，特別是對付因鼠疫等高度傳染病而死的屍體。情況猶如當年林則徐於虎門銷毀鴉片一樣。

後來教堂禁止再埋葬屍體，因此再沒有透過自然過程而衍生的其他同期木乃伊可供研究。到現在，都沒有一個確實說法去證實到底這些文佐內木乃伊是如何形成。屍體停止腐化的原因及關鍵，到現在依然是個謎。

愛爾蘭「末路皇帝」
——君主淪落成祭品

木乃伊檔案

發現地點：愛爾蘭

數目：1具

發現過程：於酸沼渠被打撈到部分殘骸

特點：屍體死前受到暴力對待，疑是落難的皇帝

2003年，一群發掘家正在清理一條位於古時愛爾蘭版圖中間的酸沼渠，期間打撈到部分人體殘骸，包括胸腔及兩隻手臂。這具屍體後來被稱為 Old Croghan Man，屍骸上的創傷痕跡都說明死者被過度謀殺（overkill）。按照法醫考古學家研究指出，骸骨的主人死時約二十多歲，並於死前受到暴力對待，例如他的胸腔曾被利器刺插，然後被割開，而頭部亦被割下。

另外，他的左前臂亦有骨折或創傷痕跡，此類創傷我們一般都會歸類為自我防衛的創傷（defensive wounds）——各位可以想像當有人攻擊你時，你會反射性地舉起手臂抵擋，故這種傷勢一般都落於尺骨（ulna）的中間。然後因為抵擋不成功，Old Croghan Man的攻擊者就把他的雙臂與拴馬用的韁繩（spancels）縫起來，為的就是確保屍體必須沉到酸沼的底部。在愛爾蘭的民間傳說中，他們相信韁繩有魔法力量，可以保護地域免受敵軍入侵，同時韁繩亦象徵著生育。放射碳分析則推斷出屍骸主人生活於約公元前362至175年。

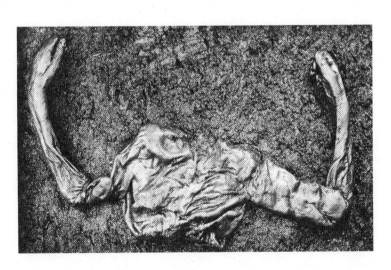

Old Croghan Man 的骸骨只有上半身（沒有頭部），法醫人類學家從上臂長度推算出骸骨主人身高約6呎3吋，而他的手臂亦有明顯的肌肉依附痕跡（strong muscle attachments），可見骸骨主人手臂非常發達。仔細檢查亦顯示，Old Croghan Man的手有修過甲，手部亦不粗糙；其最後晚餐的食物都指出他屬於社會上流階層，有學者亦提出他生前可能是祭司或神職人員。

愛爾蘭酸沼專家Eamonn Kelly則指出Old Croghan Man是個失敗皇帝，到最後被挾持著成為皇室奉獻給生育之神的祭品。他的乳頭看上去有被剪去的痕跡，而在中世紀時代，啜皇帝的乳頭代表皇帝被民眾接納。

這看似奇怪的行為，可以追溯至晚青銅器時代。而現在把國王的乳頭剪去，就代表他的皇位身分不被認可。當然亦有其他解說，指因為酸沼的關係而破壞了屍體，並非所有都是生前或死時造成的創傷。

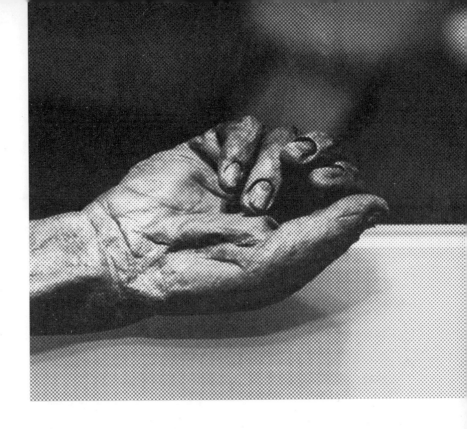

落難皇帝的三種死法

愛爾蘭人於中世紀時期都視皇帝為造物主與人間的溝通橋樑。而按照愛爾蘭神話記載，這些皇帝有時候會以三種不同方法或儀式被處死，作為祭品，包括吊頸死或窒息致死、毒死或浸死，或被斧頭、劍等利器所傷而死。這三種死法都象徵著古愛爾蘭時代的大地女神（Goddess of Land）的三個分身——「主權（sovereignty）」、「戰爭（war）」及「死亡（death）」。以三種死法處理祭獻屍體，就代表讓

大地女神以祂所有的形態接近及審視了這些祭品。除了用這些屍體作為祭品之外，民眾都會再額外往酸沼拋一些有關生育或帶有皇帝身分象徵的陪葬品——這些舉動都標示著無論皇帝有多大權力，最終還是造物主的權力最大。

現實中，被用作祭祀用途的多半是犯人（如都市傳說中的「打生樁」），很少聽到用皇帝作為祭品。雖然只能找到這位疑是末路皇帝的上半身，而無論出於任何祭祀原因，希望在他的犧牲下，國家真的風調雨順過。我們透過他僅餘的部分，知道他死前經歷過甚麼，但背後的原因始終跟著他跑到墳墓去，這可算是我們這個專業最無奈的地方。

2.3

歐洲「特產」
——酸沼木乃伊

木乃伊檔案

發現地點：丹麥

數目：1具

發現過程：於沼澤範圍被找到

特點：屍體被妥善地保存，頭髮及臉部表情被完整保存下來，面容極其安詳

古埃及以全身包著繃帶的木乃伊最著名，但你可能不知道歐洲因為自然環境關係，同樣「盛產」酸沼木乃伊（bog bodies）。這一篇我們到丹麥，看看完美的「圖論男子」（Tollundmanden）。

於1950年的一日，在丹麥一個沼澤附近，一具赤裸男屍被

人發現，死前曾被吊頸，繩環與屍體一併被保存。法醫考古學家（forensic archaeologist）跟執法人員最初都以為是近日才發生的兇殺案，因為屍體被妥善地保存，無論頭髮或臉部表情都很完整，考古學家 P.V. Glob 甚至形容是一具「完美屍體（perfect corpse）」，更指這位先生的表情異常平和及平靜 —— 眼睛輕閉及合上嘴唇，猶如在默禱。

這些都不禁讓專家們好奇：為何他會在沼澤？到底他是從甚麼時候開始在裡面的呢？為何他的表情與死亡方法形成強烈對比？沼澤對減低屍體腐化有何幫助？

完美的「圖論男子」

其實像「圖論男子」這樣的木乃伊在歐洲非常常見，在歐洲酸沼中被發現、記錄的就有上千副，被研究過的卻只有數百副。跟埃及木乃伊不一樣的是，沼澤木乃伊是一個美麗跟奇妙的化學意外。

酸沼（bog）中流出來的水呈現著獨有的褐色，有效保存屍體同時，亦為其皮膚染上獨有的泥炭色。所有埋於酸沼中的屍體都處於缺氧環境，能有效抑制細菌生長，減慢及停

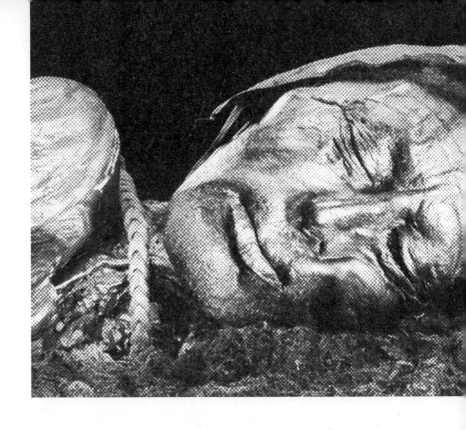

止屍體腐化。當中，幫忙保存屍體的重要一員是泥炭蘚屬植物，當這種植物死後，它會分泌多醣，阻擋細菌代謝作用，此舉有效保存所有有機物質，包括皮膚、木、皮毛、衣物等等，即前文所說是「螯合物」條件。不過這種蘚類植物會攝取骨頭裡的鈣，導致這些木乃伊內的骨頭組織會收縮甚至消失，變成普通的塑膠公仔一般。同時，酸性環境亦會破壞DNA，令基因重組成為mission impossible。

這些酸沼木乃伊被發現的經歷往往都令人心酸，大多都是因為要開發能源或鑽取石油，而這些工程中用到的重型工具，往往都會在木乃伊身上留下破壞痕跡，因此法醫學家都必須仔細分辨哪些創傷是死前、死時及死後造成。

「圖論男子」在云云沼澤木乃伊中之所以特別，在於其吊頸繩索及臉上安詳表情的強烈對比。他現在被存放於一家博物館裡，每每有參觀者站在展櫥前，都不禁想像他是不是會隨時張開眼，問自己身處何方。學者們經過多番研究，都支持「圖論男子」為其中一個用於供奉土地神明的貢品，而對當時的人來說，這些酸沼為別具意義的地方。

1950年發現「圖論男子」時，學者為他照過一次X光，當時還能清楚看到腦袋，而學者們更為這具已有2300年歷史的屍體進行解剖。到了2015年，「圖論男子」被送到巴黎的博物館做CT掃描，希望可以從腳部抽取到化石DNA，可是依然徒勞無功。不過科學家未有放棄，最近轉移目標到「圖論男子」的頭髮，希望可以從這個DNA寶庫中抽取能斷定身分的資訊，因此，研究人員自發現「圖論男子」以來，首次移除了他的帽子。

或許，我們以現時科技，暫時仍不能替「圖論男子」訴說他的故事。但我深信科學家會不停應用新技術到他身上，讓他的身世之謎慢慢被揭開。

繼續長征南極的
冰封探險家

木乃伊檔案

發現地點：南極

數目：3具（英國冒險家斯科特等人）

發現過程：被搜索隊伍尋回

特點：屍體被冰封，得以保存；隨著氣候變化，屍體們一直隨冰塊移動

每隔數年，都會有新聞說珠穆朗瑪峰的登山營上發現登山者的屍體。攀山環境極為惡劣，大部分的屍體都是被發現於四號營地以後的「彩虹村」。「彩虹村」這個名字雖然聽起來很美好、很夢幻，現實卻是攀山者進入此區域後，因為環境愈來愈險峻，身體會開始慢慢「死去」，於兩至三日內逐漸窒息。因為每個人都穿著七彩鮮豔的禦寒衣物，看上

去非常繽紛，因而得「彩虹村」之名。山上惡劣環境令運送屍體到地面非常艱難，根據駐守營地的登山指示員，登峰路上的每具屍體，平均每年約有五百人會跨過。

如果說珠穆朗瑪峰是地球上唯一於戶外遇到屍體也算「正常」的一個國度，那麼南極的冰雪現場，應該有過之而無不及。

在往南極破冰考察的歷史上，英國冒險家斯科特（Robert Falcon Scott）希望成為第一支探險隊登陸南極，可惜他們的考察之旅並不順利。首先，他們到了南極以後，才發現挪威的探險隊早在他們抵達前五個星期搶先登陸。其次，斯科特的考察隊伍在遠征時遇到的技術問題、船員的健康狀況等，都將是次冒險難度增加。

很不幸地，考察隊伍上的五人連同船長斯科特，最後都在回航之前相繼在途中及營地病逝，只有三人遺體被尋回。

先是船上的協助船員 Edgar Evans 頭部受創,手上有嚴重傷口及凍瘡,在營地離世。同行的另一船長 Lawrence Oates 亦因為身患嚴重凍瘡,認為自己是夥伴的負累,於是在啟航前一晚走入暴風雪中,自我犧牲。其後,有「Birdie」之稱的中尉 Henry Bowers 及 Dr. Edward Wilson 連同斯科特,一同在 Lawrence Oates 去世後兩個星期因為飢餓及長期暴露於戶外等原因而死去。斯科特在臨終前的日記中寫道:「我們過去的這個月所經歷的一切,我相信人類當中沒有人曾經經歷過相類似的。("I do not think human beings ever came through such a month as we have come through.")」此時的他們,其實與補給站距離僅11英哩而已,可惜已被暴風雪所困,最後死於此地。

他們三人的屍體,最終在同年的十一月被搜索隊伍找回。搜索隊伍沒有移動屍體,只把紮營用的竹枝取走,用營帳包著屍體並以積雪堆埋好。他們在心跳及呼吸停止後,因為處於極低溫環境,屍體幾乎瞬間被冷卻,繼而加速屍體僵硬。同時,因為極地低溫環境,他們身體的自我分解程序也不能進行,令到屍體猶如被放進冷凍庫一樣,得以保存。搜索隊伍最後用滑雪板拼成一個十字,豎立在埋有他們屍體的雪堆之上,作為墓碑。

在斯科特及同伴們去世後一世紀，神奇的事情發生了！由搜救隊伍豎立的墓碑竟然開始慢慢移動。這是由於氣候變化的關係，墓下的大冰架不停融化再結冰。根據考察隊的研究，斯科特一行人的墳墓、屍體等都已經從原本位置移動了共39英哩，更沒有停下來的跡象。今天，已沒有人可以考究墳墓的確實位置，雖然按照專門研究冰山的專家指出，他們的屍體到現在依然受到冰雪的保護。

三百年後終圓夢

專家相信，斯科特他們屍體所處的一大冰架，終有一天會
自行分裂或斷裂成小型冰山。根據一項2011年的研究報
告，這天將會是2250年左右。也就是說，在斯科特等人死
後約三百多年，他們終於可以圍繞著南極的大海走一圈。
到了乘載著他們屍體的小型冰山融化後，他們就會在大海
中漂浮。隨著海浪的變化，他們可能會被海洋生物處理
掉，隨著水流衝擊到不同地方。

斯科特一行人的遭遇令人難過。不過，英國曼徹斯特大學
歷史學教授Dr. Max Jones指出，從他們的行動看來，他
們是本著會死的心理準備去遠征南極。想著他們死後幾百
年後的屍體可能因為冰塊融化的關係，令他們可以用別的
方式再啟航遠征，也不失是一件好事。

在南極因為遠征而喪命的並不只他們。我相信，這個結局
或許對作為冒險家的他們來說，是最熱血、最美麗的。

融化中的
最古老木乃伊

木乃伊檔案

發現地點：智利

數目：約300多具

發現過程：於海岸地區被發掘出

特點：有著多達7000年的歷史，可惜因為氣候變化，於它們身上找到現代細菌的蹤跡，並因此正被分解中

如果你以為木乃伊與我們現代人的生活沒有甚麼關係，可能在了解過北智利這些木乃伊的經歷後，會有新的體會。最近幾年，各國主要議題都和環保及氣候變化有關。要讓大眾認真思考這個議題，不限於看到餓死的北極熊，又或是愈來愈嚴峻的極端天氣 —— 全世界最古老的上百具木乃伊，亦正因為氣候變化，隨時化為烏有。

現代細菌 極速瓦解木乃伊

在智利北部，有超過100具古木乃伊。按照考古學家的研究及推斷，他們已經有逾7000年歷史。不過隨著當地濕度不斷上升，木乃伊開始由乾爽的狀態變成凝膠狀（gelatinous）。2016年，當地的政府單位去信聯合國教科文組織（UNESCO），希望將木乃伊藏身之處申請為世界文化遺產。當然，被納入世界文化遺產亦不能減慢或停止木乃伊變成凝膠狀，但研究人員希望藉此增加國際間的認知，幫忙尋找方法阻止情況惡化。學者相信，木乃伊開始化成液體，是因為有細菌在木乃伊的皮膚上繁殖。

自1990年代起，合共約300多具木乃伊，於秘魯南部及智利北部的海岸地區發掘出，當中包括成年人、小孩、嬰兒等。他們後來被鑑定來自一群名為新克羅人（Chinchorro people）的狩獵採集部族。據記載，他們比古埃及人還要早2000年就開始製作木乃伊，所以是最古老的人造人類木乃伊，而他們更不會限制木乃伊製作作為社會地位的象徵。相反，他們會為任何人製作木乃伊，顯示了當時社會的平等及民主制度。過去幾千年來，木乃伊均得以妥善保存，全因他們懂得利用周邊環境，把屍體埋在沙漠的乾沙裡。當地氣候乾燥，旁邊的阿他加馬沙漠（Atacama）甚至有地

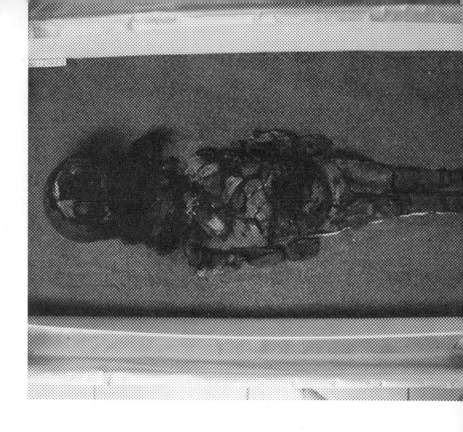

區已經沒有降雨超過400年。自上世紀開始，這些木乃伊陸續被挖出，並送到當地的研究所保存。

不過，早於2015年初，就開始有異常狀況發生，連哈佛大學的生物學家Ralph Mitchel也指出，這種情況從沒有出現過：從軟組織的分析顯示，這些木乃伊都被細菌包圍著，不過並非古代細菌，而是會在現今人類身體或皮膚上找到的細菌。這些細菌會極速分解木乃伊的皮膚，以至任何被保存下來的組織。

不是說木乃伊能永久保存屍體幾千年嗎？為甚麼會被分解呢？木乃伊其實只是屍體被存放在極端的環境及氣候，因而減少了水分、空氣、細菌等與屍體的接觸，繼而保存下來的成果。也就是說，當一具木乃伊被還原於一個適合細菌生長的環境（溫暖、濕度適中、陽光不太充足）後，原本大自然的腐化程序就會再次啟動。同樣地，於木乃伊身上找到的細菌也是，只要有適合的溫度及濕度，它們就會開始在木乃伊身上繁殖，並利用其皮膚作為營養。唯一的解決辦法，就是把存放木乃伊的地方的溫度及濕度減低。濕度只能維持於百分之四十到六十之間，不然這些微生物就會把木乃伊完全吞噬。

世界文化遺產的申請到今天還沒有消息，但是世界各地及當地的研究人員仍在努力尋找方法，與時間競賽，希望能夠保存這些木乃伊。他們希望能與大自然的變遷決一高下，保留以前文化遺留下來的產物。

CHAPTER THREE

木乃伊明星

浪漫？恐怖？
醫生病人的人屍之戀

木乃伊檔案

發現地點：美國佛羅里達州

數目：1具

發現過程：受害人被發現製成「洋娃娃」

特點：人與木乃伊的奇情愛情故事

德國出生的醫生 Carl Tanzler（或稱為 Count Carl von Cosel；「Count」是歐洲貴族稱號）稱自己擁有九個學位，曾為潛水艇船長，亦是一位發明家。他於 1927 年接下美國佛羅里達州一所醫院的放射性治療師一職（亦有資料說他其實是一名細菌學家），故事就此開始。

Carl 於工作中都非常安靜沉默。直到有一天，他遇到這個另類愛情故事的女主角——僅21歲的古巴美女 Maria Elena Mlagro de Hoyos（簡稱 Elena）。

當時肺癆（即肺結核 Tuberculosis）於美國肆虐，Elena 也不幸患病，到醫院檢查及治療時遇上 Carl。Carl 看到 Elena 就已被其美貌深深吸引，覺得自己遇上了一生所愛。Carl 稱他從小就「看到」自己將來的靈魂伴侶是一位非常漂亮並留有深色頭髮的女生，而 Elena 就像是從那個畫面活脫脫跳出來一樣。他深深愛上 Elena，決定無論用任何方法及多少金錢也要把她的病治好。他為她送上自家調配的神藥、未經醫院同意下私自購買 X 光儀器及為她進行電擊治療。同一時間又不停送上各種珠寶及禮物，以表愛意。

神秘的陵墓與棺材

很可惜，到了1931年10月25日，Elena 還是因為肺癆引致的各種併發症離世。Carl 非常傷心，並決定承擔 Elena 喪禮的費用，送她最後一程。他去墳場視察後，發現水很容易滲入棺材，可能影響 Elena 的美貌。有見及此，Carl 主動提議建一座陵墓，並承擔費用。Elena 家人同意，但沒留

意到陵墓鑰匙由Carl保管。而存放在陵墓裏的棺材都是由Carl精心設計，用金屬造成，而裏面附有夾層，放著一缸防腐液體甲醛（Formaldehyde，即現今為屍體防腐所用的化學物質），以減慢屍體腐化的速度。同時，他亦於Elena下葬前，為對方製作了一個死亡面具（Death Mask）。接下來的一年半，Carl幾乎每一晚都來探望Elena，跟她聊天。

突然有一天，Carl的身影沒有再在陵墓出現。隔了一段時間後，有傳言指小屋每晚都會傳出風琴聲；其後又有鄰舍說見到一名老男人跟一個正常人大小的洋娃娃跳舞；亦有說法指這個男人不停買女生衣服、化妝品、大量香水及防腐用化學物質。這些傳聞傳到Elena妹妹耳中，她便覺得那個人是Carl，於是假借拜祭Elena，看看究竟是怎麼回事。

誰知道當她到達小屋，請Carl告訴她可以去哪裏拜祭Elena時，Carl卻表示不必那麼麻煩，並請她跟他到睡房去……

走進Carl的房間，只看到一個像洋娃娃的「人」，穿著婚紗躺在床上。Elena妹妹不敢想像這就是跟她一起長大的Elena！洋娃娃鑲有玻璃眼，空洞的凝視著天花，看上去就像蠟造一樣。Elena妹妹驚魂未定，馬上要求法醫官解剖，完全不能相信這真的是姐姐的遺體。

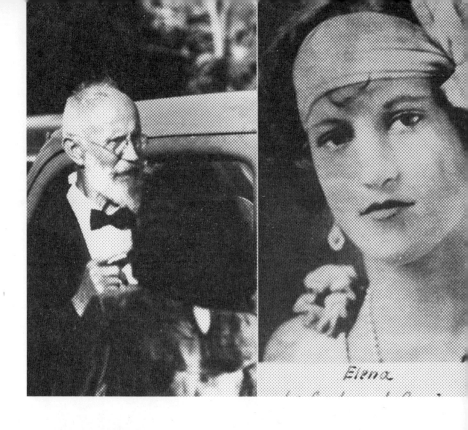

戀屍癖竟獲粉絲支持

法醫一解剖之下，發現洋娃娃的確就是 Elena。基本上，那是一個由皮膚及骨頭組成的軀殼。Carl 先以布碎塞滿整個肚腔，以鋼琴弦線把所有骨頭固定於正確位置，並為臉部塗上蠟，防止皮膚氧化及腐化，又以不同的香油及香水塗抹 Elena 身體以掩蓋腐化味道；最後以 Elena 媽媽在喪禮前為女兒收集的頭髮，編織了一個假髮給 Elena。更驚人的發現是，法醫在 Elena 的下體發現一個據稱紙製的管道，代替陰道，以進行性交。

負責的法醫均稱這為他們見過最噁心的戀屍癖（Necrophilia）案件，但對Carl來說卻是非常正常的事。Carl覺得過去這段時間能跟Elena生活在一起是最幸福、美滿的事。在Elena屍體被充公後，Carl亦接受審訊。心理醫生先對他做評估，並評定他的精神狀況沒有問題。不過，由於兩年追訴期已經過去，Carl最後無罪釋放。

這件事當時掀起了一陣熱潮，得到公眾關注，尤其是女性。受審時，Carl甚至說過希望可以帶Elena到大氣層外，讓太空來的光線及輻射穿透Elena身體，注入能量。在法庭宣判前，有支持者為他送上金錢、禮物、信件打氣，覺

得他只是一個異常浪漫的男人。據說，在獄中更有妓女龍頭為Carl打通天地線，讓他出獄後免費享受服務！在宣判後，Elena的大體放於佛羅里達州一家殯儀館公開展覽，並於整件事終於落幕後，秘密地重新落葬。

不過事件尚未完結。1952年，警察被通知去檢查一家被遺棄的小屋，誰知裡面看到一個老人倒臥在地，旁邊更有一個真人大小的洋娃娃，頭上戴著Elena的死亡面具。這名老人不是別人，正是已83歲的Carl。

我個人對人體死後的腐化過程頗為著迷，覺得是另一種美。所以我情願經歷這種腐化轉變，而不是這種莫名的「長壽」。Carl用另一種方式延續了Elena的生命，到底這種方式是否可取？你會為他抱不平嗎？

「神蹟」小天使

木乃伊檔案

發現地點：阿根廷

數目：1具

發現過程：棺木意外破土而出，屍體卻保存得極好

特點：安放於玻璃棺材中，被民眾當成神供奉

過去數十年，阿根廷有數以千計人民為了找尋「小天使」，願意前往這個位於西北部、人口只有約600人的小鎮「朝聖」。這位「小天使」並不是甚麼特別的先知，更不是聖人。

小天使只是一名於1966年因腦膜炎而死、不足一歲、名為 Miguel Ángel Gaitán 的嬰兒，簡稱 Miguelito —— 即名字 Miguel 加上小天使的西班牙文「angelito」。每個朝聖者最想觸摸到的，就是這名小嬰兒已經皺起及乾化的細小屍體。「奇蹟」地，他的屍體在過了這麼多年後，依然保存得

極好。前往尋找Miguelito的信眾都會帶備奉獻品，例如鮮花、毛公仔、衣物、金錢，去小天使所埋葬的墳場。

小天使被存放在一個玻璃頂的棺材，讓信眾能夠近距離、更清楚地看到小天使的模樣。不過，根據小天使家人所講，這其實是Miguelito本人的「要求」。

小天使不欲容貌被遮？

1973年，即 Miguelito 死後的七年，在一場暴風雨中，小天使的棺木受天氣影響意外破土而出，隨後被墳場的工作人員發現。神奇的是屍體過了七年，依然保存得極好，沒有腐化。

這名工作人員有見及此，便為小孩從新造了臨時墳墓，以保護屍體，並分隔開因為暴風雨而堆積的雜物。但奇怪的事就發生了！隔天，當工作人員返回墳墓檢查，發現臨時墳墓的牆壁倒塌了。本來以為是天氣的關係，工作人員於是用石頭再造另一個臨時墳墓，但牆身再次倒塌。

消息傳出後，城鎮的人就決定將棺材放出來。自此，就有傳言指棺材蓋每晚都被移走，即使放了石塊等重物在棺

材蓋上，早上依然會不翼而飛。Miguelito 的家人覺得是 Miguelito 不想被蓋著，而想被看見，所以就順著他的「意思」，把棺木換成玻璃蓋面。

當地人除了稱小天使為 Miguelito 之外，也稱他為「奇蹟的孩子（miracle child）」，覺得是神的力量阻止 Miguelito 的身體腐化，令其他人都可以來探望他，並接受他的祝福。

到底是甚麼原因令當地人民那麼相信 Miguelito 的神奇力量？

專門研究阿根廷民俗故事的人類學家 Iris Guinazu 指出，這其實跟當地以前的民間信仰與身分認同有關係。在歐洲文化傳到南美洲時，阿根廷的去本地文化行動規模很大，當中有很多類似 Miguelito 的民間傳說都因此消失。於是，得以保存下來的儀式，對阿根廷人尤其住在偏遠地區的原居民來說，就成為唯一可以讓他們感受自己原本美洲文化及身分的地方。

對他們來說，基督教極為抽象，所以他們較信奉可以觸碰甚至可以親眼看見的「神明」。而在他們的信仰當中，幼小嬰兒就如天使，有能力與神直接溝通，若向他們祈求及許願會異常靈驗。

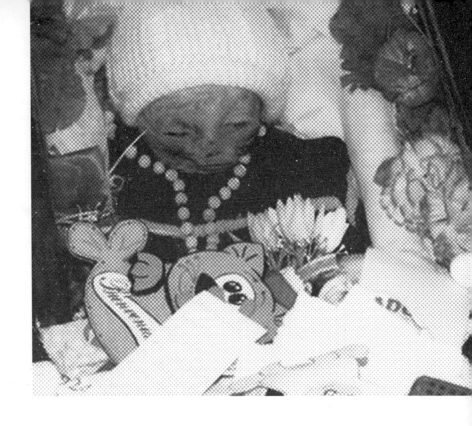

亦因此緣故，Miguelito 的媽媽一直都有每天到 Miguelito
墓前，為信眾打開棺材，讓信眾親手觸碰 Miguelito 的頭，
接受祝福。Miguelito 媽媽過去幾十年，每天都風雨不改，
直到前幾年去世，才由 Miguelito 的姐妹接手。

縱使羅馬教廷到今天依然不承認 Miguelito 及他所行使的奇
蹟，但在阿根廷的每個角落，每天都有人匯報 Miguelito 的
奇蹟史：有胰臟癌患者感謝 Miguelito 保佑，令他完全康復；
有人答謝 Miguelito 祝福，令其男友向她求婚；有人答謝他

讓他們家中了「六合彩」；有小朋友則答謝 Miguelito 令她考試高分！

看來，小天使也不太緊張這個認不認受的問題。令到每個相信他的人開心、快樂才是他的目的和原則！

3.3

貝隆夫人的
悲慘生前身後

木乃伊檔案

發現地點：阿根廷

數目：1具

發現過程：備受人民愛戴的貝隆夫人，死後被防腐處理

特點：命運多舛，遺體先後被出土及四處運送

大家都應該聽過英文老歌 *Don't Cry for Me Argentina*，出自天才歌舞劇大師 Andrew Lloyd Webber 的作品 *Evita*。而 *Evita* 的主角就是這篇要說的阿根廷總統胡安貝隆（Juan Perón）的太太，亦即阿根廷前第一夫人伊娃貝隆（Eva Perón）。

當貝隆夫人與胡安邂逅時,這位總統先生剛剛完結了阿根廷的獨裁歲月。貝隆夫人自小的命運很坎坷,遇上丈夫的路也極為崎嶇,全靠自己的努力、美貌及決心。當以為自此像童話故事般快樂地生活下去時,現實卻總是殘酷的。胡安貝隆從結婚的第一天開始,就因為太太早已不是處女而憎恨她,她只好不停寫信,希望丈夫忘記她的過去。

身患重疾 卻被蒙在鼓裡

到了貝隆夫人30歲時,有一次於公眾場所突然暈倒,並被確診盲腸炎,隨即進行手術。但她沒有就此康復過來,反而身體愈來愈虛弱,誰知她真正的病原來是子宮頸癌。可是,她最親愛的丈夫需要利用她作為連任總統的競選工具,不惜對她隱瞞病情。到了第二年,她被迷迷糊糊的送去做手術,整個過程中,都不知自己做的是切除子宮頸手術。更誇張的是,她雖然是阿根廷第一位接受化療的病人,卻從頭到尾都被蒙在鼓裏,不知自己身患絕症。1952年的7月,她死於嚴重擴散的癌症,全國為她哀悼。

子宮頸癌的成因,一般都是因為感染了一種名為HPV(Human Papilloma Virus)的病毒。這種病毒不會影響男士,只有在女性體內才會變成計時炸彈(巧合地,胡安貝隆

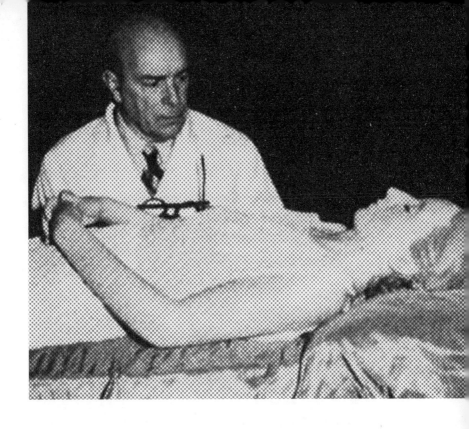

的第一任妻子也是死於子宮頸癌）。

以為貝隆夫人坎坷的一生就此完結？真正的悲劇現在才開始！

死後遺體更「奔波」

貝隆夫人死後，大體以防腐技術處理，向群眾展示。從西班牙來的防腐師 Pedro Ara 以列寧的防腐屍體為藍本及目標，把貝隆夫人的所有器官都留在體內，以酒精為屍體脫

水，隨後注入甘油（glycerine）來代替水分，令屍體有著猶如活生生的質感。同時又以蠟等材料，製造了一個貝隆夫人蠟像，並邀請貝隆夫人生前的髮型師為她最後一次梳理頭髮及造型。她生前的美甲師，亦前來為貝隆夫人換上新的指甲顏色。

1955年，胡安貝隆被拉下台。因為貝隆夫人是窮人的榜樣，軍事領袖決定充公貝隆夫人的屍體，以防反對勢力崛起。在多次往返軍事基地後，貝隆夫人的屍體終於在一位將軍家裡的閣樓，與其他舊雜物暫時安放共存。到1957年，軍隊把遺體以船運到意大利，並用假名埋葬。到了1971年，軍事政權再被推翻，新官上任為得到前總統的祝福，決定把胡安貝隆從流放中接回來，恢復其居民身分，補上薪金及貝隆夫人的屍體。

貝隆夫人的屍體也因此再一次出土，裝到銀色的棺材內，送到胡安貝隆於馬德里的別墅。胡安把亡妻的屍體打開，擺放在別墅的飯廳，而他的第三任妻子Isabel則每天為貝隆夫人梳理頭髮。

1973年，胡安再次當選總統，翌年過世後，由妻子Isabel繼任總統，並把貝隆夫人的屍體帶回阿根廷。貝隆夫人的屍體一直存放在總統官邸，直到1976年Isabel被拉下台。

之後，新上任的軍事領袖終於把屍體再次入土於布宜諾斯艾利斯。

在她死後的59年（即2011年），一位耶魯大學腦科醫生向外公布屬於貝隆夫人的X光片，顯示貝隆夫人曾經接受過前腦切除手術（prefrontal lobotomy），以助她紓緩子宮頸癌的痛楚。當然，貝隆夫人也是毫不知情的。

貝隆夫人死時，全阿根廷停下來整整三天以作哀悼。*Don't Cry for me Argentina* 中寫道：

"Don't cry for me Argentina

The truth is I never left you

All through my wild days

My mad existence

I kept my promise

Don't keep your distance"

有學者指出，沒有一具遺體對阿根廷人的意義超過於貝隆夫人的。她代表低下階層，象徵著希望及短暫的美好日子，而這正正就是阿根廷的寫照。

女王的真面目

木乃伊檔案

發現地點：秘魯

數目：1具

發現過程：女祭司「卡奧女士」的屍體於自然環境中被保存下來，及後更獲臉部重組

特點：屍體臉部被成功重組，有助更了解秘魯的莫奇文化

秘魯的莫奇文化（Moche civilization，又譯作摩奇文明或莫切文化）沒有防腐屍體的習俗，也沒有刻意要把屍體製作成木乃伊的意思，只是偶然在大自然的配合下，有屍體以木乃伊化的方式被保存。這亦是於2005年出土的女祭司「卡奧女士（the Seora de Cao，即The Lady of Cao）」的命運。

「卡奧女士」被發現於祕魯北部一個有歷史記載的埋葬地點 El Brujo（意即「巫師」The Wizard）。據記載，莫奇文明比印加文明（Inca civilization）還要早1000年左右，以精緻的陶瓷器及金屬製品聞名。考古學家 Regulo Franco 推測這位「卡奧女士」位高權重，被視為祕魯最初的女統治者之一。專家們認為更多的發現，或能改寫傳統上認為莫奇文化以男性主導的說法。

新科技協助面容重整

「卡奧女士」身高約五呎，身型相對小巧。檢查「卡奧女士」的骸骨後，發現此名滿佈紋身的女士死時約二十多歲，並且曾經產下至少一名小孩。很遺憾地，「卡奧女士」的死因沒有反映在她的骸骨上，因而未明，亦有傳說她是因為難產而死。她的身體於死時被塗上一層硃砂，赤紅色的硃砂有著血液流動、充滿生命力的象徵意義。屍體隨後被厚厚的棉布包裹著，大自然後來施展它的魔法：沙漠的乾燥氣候，把這位女祭司保存到二十一世紀。學者們認為「卡奧女士」的木乃伊，絕對是整個莫奇文化保存得最好的遺物之一。

死於1700年前的「卡奧女士」，一度只是一副木乃伊化的骨頭，今天多得3D打印技術，令她的面容得以重現。多個領域的專家聚頭，協助重組及重塑女祭司的臉容，歷時十個月之久，讓「卡奧女士」的真面目終於展現於世界前。她的鵝蛋臉，配上金飾、其他貴重飾品，以及兇器和陪葬的女孩都於博物館展出。

臉部重組除了應用於木乃伊上，其實對法醫人類學也同樣重要。法醫人類學中，臉部重組（facial reconstruction）這個專業要先了解眼前的骸骨資料，並按照肌肉及軟組織

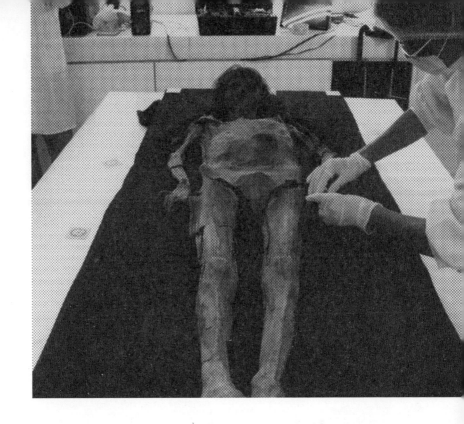

在骨頭留下的印記，為死者重新塑造一張臉。這個過程很
重要，因為透過技術，可讓家屬辨認其身分，無人認領的
骸骨就可重新配上屬於自己的名字，正式安葬於墓園裡，
為生命劃上圓滿句號。這種技術對保存秘魯歷史及文化，
亦有著無比的重要性，為死者重新賦予一張臉，讓前人的
人生和經歷過的一切可以重見天日，不會隱沒於歷史洪流
中。

秘魯人非常敬佩「卡奧女士」，經常藉著她來討論關於自己原居民的身分，以及她作為秘魯女性的典範。其中一名負責臉部重組的人類學家，更認為這對當地小孩子了解及認識歷史尤其重要，因為看到那張臉的親切感，是木乃伊化的臉孔無法傳遞的！

CHAPTER FOUR

木乃伊邊緣人

4.1

女木乃伊的
神奇之旅

木乃伊檔案

發現地點：美國

數目：2具

發現過程：兩具精神病患者的屍體被木乃伊狂熱者購下，並以自己研發的秘方製成木乃伊

特點：兩具木乃伊由神秘秘方製成，歷經「巡迴演出」，輾轉於博物館展示

1800年代末期，來自美國西弗吉尼亞州的農夫兼業餘屍體處理員Graham Hamrick，對古埃及的迷戀程度達到一個極致，希望可以揭開古埃及木乃伊之謎，並鑽研他們製作木乃伊使用的化學物成份，了解法老王的秘密。他說希望藉此為普羅大眾提供一個簡單及經濟的木乃伊製作方法，以長時間保存屍體。

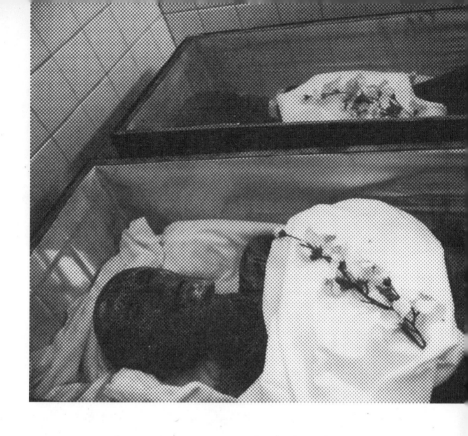

因此，他開始調配自己的「木乃伊秘方」，並於植物及動物
（例如蛇）上實驗，最後才用到人的身上。1888年，他向
當地一所精神病院購入了兩具分別20及40歲的女精神病
患者的屍體（於十九世紀，向醫院甚至經由挖墳者購入屍
體作研究或醫學學術用途很常見，算是醫學黑暗史的一部
分）。之後亦有發現指除了這兩具屍體之外，他更把一隻
人手、一個男性頭部及一具嬰兒的身體製成木乃伊。

木乃伊痴的特製秘方

根據其「製伊秘方」中，他首先在兩具屍體的腰間兩側鑽兩個洞，然後把屍體存放在兩個「密實盒」中，以去掉她們體內的所有水分及體液。重複這個步驟兩次後，然後才加進獨家調配的防腐劑。可是，他的獨門木乃伊跟古埃及的非常不一樣：質感硬得像磚頭一樣，而他更把所有內臟保留在體內，而那些混合物亦令兩具木乃伊的頭髮在過程中全都脫掉。

雖然如此，但他特調的化學混合物畢竟算是成功了（只是成功到過了頭：到今天為止，他用作實驗的蔬果還放在博物館裡，而那些人體部分更輾轉賣到不同收藏家手上，其中男性人頭及嬰兒身體到今天還是下落不明），令他受到當地著名科研機構 The Smithsonian Institute 青睞，希望以提供展覽的機會來換取他公開防腐混合物成份。不過，Hamrick 拒絕了，沒多久後就離世，然而那兩具木乃伊的旅程才真正開始。

她們首先隨著馬戲團到歐洲巡迴演出，數年後才回到美國。隨後的數十年，她們的去向無人知曉。後來，偶然之下她們被發現存放在一個馬槽，再輾轉到達一個當地居民的床下底。直到1985年，她們所在的整個小鎮嚴重水浸，

因此被放在區內郵局前的草地「曬太陽」。但是，木乃伊們都因水浸而長滿及蓋滿黴菌，如果不把黴菌去掉，木乃伊相信會很快消失。居民後來找到方法去掉黴菌，並把木乃伊交給當地政府管理。到今天，兩具木乃伊都被放在當地博物館的舊洗手間內展出。

至於 Hamrick，你可能會好奇問他最後有沒有把自己都變成木乃伊？他的確有把指示及意願在臨終前交予助手們，但可笑的是助手都覺得很奇怪及詭異，最後直接把他下葬就了事。

穿禮服的
木乃伊「生招牌」

木乃伊檔案

發現地點：美國

數目：1具

發現過程：無人認領的Speedy的屍體，被殯儀館館主弄成木乃伊

特點：木乃伊由神秘秘方製成，及後於殯儀館展出，整整66年後才安葬

屍體防腐於今天聽起來實在沒有甚麼特別，但又有誰記得這技術成熟前，有多少具屍體被用作實驗品，意外地成為木乃伊？

位於美國肯塔基州就有一位寂寂無名的工廠員工，意外地

於90年前成為其中一個實驗品，並成為殯儀館的「生招牌」，吸引不同人士前往瞻仰。據說，他為區內的人帶來了無限歡樂，陪伴了社區內的小孩成長。他是 Henry Atkins。

Atkins 死前於一家煙草工廠工作，由於他工作效率極高，因而得到花名「Speedy」。1928年，50多歲的 Speedy 在俄亥俄河上釣魚時意外溺斃，多年以來都沒有家屬前來認領遺體。

當時存放 Speedy 屍體的殯儀館館主 A.Z. Hammock（鎮上唯一的黑人殯儀工作者）對古埃及的木乃伊異常著迷。當時的防腐技術沒有現在般完善，更沒有用作防腐的福馬林（Formalin），因此很多木乃伊狂熱者都會私下調配「獨門秘方」防腐液，這位館主亦不例外。他看上 Speedy 沒有人來認領遺體，便用自家製的防腐汁液去保存屍體及去除異味。這些汁液把 Speedy 的皮膚變成了鐵銹色，而 Speedy

本來泛黃的牙齒，在紅棕色而凹陷的臉及黑色的嘴唇襯托下更為突出。不過，除了外觀變得不太好看之外，這次防腐實驗其實非常成功。

奈何的是，Hammock死於1949年，同時把防腐液的配方帶到棺材去。殯儀館其後由他的太太Velma接手管理。

當地居民Gladman Humbles說自己長大於40年代，亦認識Hammock本人。Hammock透露曾有不同的嘉年華及博物館相繼出價購買 Speedy，但統統被拒絕，理由是奴隸制度已經一早完結，而他這家殯儀館亦沒有販售屍體，可說是對人道主義的（部分）尊重。

遲來66年的Rest in Peace

自電視報道此事後，殯儀館便參觀者不絕。殯儀館把穿著「踢死兔（燕尾服）」的Speedy小心翼翼打理好，放於儲物間內，每年清潔三次。殯儀館最後決定於1994年，即Speedy死後的66年正式把他埋葬，並舉行了基督教式的追悼會。追悼會當天，Speedy穿著全黑色的燕尾服及打了呔，區內居民更於棺木上放上一束紅色康乃馨。這個初來

報到而身無分文的 Speedy
已經受盡了一切，經過這
麼多年後，絕對值得以明
星的風采，風光大葬。

Speedy 對 Hammock 一家
及整個小鎮來說，都是回
憶滿滿，居民亦覺得很不
捨，畢竟和 Speedy 度過了
整整66年光景。Hammock
太太 Velma 亦指她從沒有
看過一副屍骨會帶來那麼
多的開心回憶。

不過細心一想，如果 Speedy 得悉此事會有甚麼感覺呢？他
到底真的會如所說般開心？還是對人們對他屍體所做的行
為感到驚訝？無論如何，Speedy 終於得到遲了66年才來的
一份平靜。

「自製」木乃伊
的身世之謎

木乃伊檔案

發現地點：美國

數目：1具

發現過程：惡人榜常客Hazel Farris自殺死後，屍體意外保存下來，並被巡迴展出

特點：經解剖後，發現與她的身世傳聞有所出入，令木乃伊身分成疑

飲醉酒而鬧事，甚至殺人，都不是新鮮事。不過，如果因為飲醉酒、殺人，然後令自己變成木乃伊的不法之徒，倒是罕有！以下有關這個瘋狂、悲慘的木乃伊故事，可以說是半傳聞半真實。

美國阿拉巴馬州在十九世紀時，曾經出現一個惡名昭彰的不法之徒。她的名字是 Hazel Farris，生於 1880 年，是當時州上惡人榜的名人。有一晚，Hazel 如常飲醉酒，並與丈夫因為一頂新的帽子而爭吵起來，吵到激動處更把對方開槍殺死。因為聽到槍聲而前來支援的三名警察，亦不幸喪命於 Hazel 的槍下。

本能反應下，Hazel 當然逃走。由於自己首級被懸紅美金 500 元，Hazel 決定在 1905 年的秋天往南部逃去，在另一城市過新生活。

自殺雞尾酒　意外「活」多近百年

好景不常，和認識不久的新朋友（有傳是一名當地的警察）鬧翻後，對方獲悉 Hazel 正被懸紅通緝，不惜「大義滅親」。於 1906 年 12 月，正當他準備將 Hazel 逮捕之際，Hazel 決定飲下為自己特調、含有砷（arsenic）及汽油的「自殺雞尾酒」。

她的屍體隨即被送到當地一家兼賣棺木的傢俱店，期間一直沒有人來領取她的屍體。

有趣地，Hazel的屍體一直沒有腐化。首先，她是死於冬天，寒冷環境變成天然的冷凍庫，協助減慢屍體腐化。其次，在無獨有偶的情況下，她為自己特別調製的自殺雞尾酒中的砷，是一種自古就用作保存屍體的化學物質，因此讓她體內沒有腐化。在這內外因素都完美配合的情況下，Hazel完整保存下來的屍體，就成為了當時的一個賺錢工具。

在1906年的美國，人們都願意付上小額費用去觀賞「私人珍藏」，參觀Hazel屍體的價格約是每次十仙。其後，她被數次易手，輾轉去到一名稱為O.C. Brooks的男子手上，並跟隨他四出旅行、表演了大約40年的光景。在整個旅演期間，她被保存的方法其實有點過分馬虎 —— 只是簡單地被綁在一塊板上。Brooks一直以來都以「科學」的名義將她展出，而不是打著娛樂的旗號。Brooks隨後為增加展覽的刺激度，更製造謠言指只要將錢放在Hazel的木乃伊手上摩擦數下，就會帶來好運，當然背後動機只是為了賺更多錢。除了為Brooks帶來可觀的收益之外，這傳言更令到Hazel衝出美國，去到歐洲作為供貴族欣賞的展覽品。

Brooks去世後，按照他的遺囑，Hazel歸其外甥所有，並指明所有展覽所得的收益，均須作為在田納西州興建教堂之用。不過，Hazel曲折離奇的命運當然不會因此而結束。

在1947年，已經成為木乃伊的她被存放在一所公共圖書館的底層，直到2002年為止。換句話說，從1906年開始，Hazel被視為展覽品或是收藏品的日子共有96年。與死於26歲的Hazel相比，她的身體存活的日子是接近四倍之多！

峰迴路轉　木乃伊身分竟是假？

在2002年，Hazel的木乃伊被國家地理頻道（*National Geographic Channel*）所報道後，讓她的屍體終於被火化及埋葬。在火化之前，法醫為Hazel進行解剖，發現她的死因應該為肺炎而不是自殺；更發現當中的砷不是透過飲用方式進入身體，反而是整個身體都被浸到含砷的溶液裡，這都是當時美國防腐屍體時經常採用的方法。而且屍體缺少了兩隻手指，雖然Hazel也是，但她的其中一根是在生時被槍射掉的，跟屍體手上的疑似截肢切口有出入。

法醫官後來得出的結論，是有人按照屍體的狀況而創作了當中的故事。雖然沒有文獻證實到 Hazel 所經歷過的事跡，但阿拉巴馬州的居民都深信屍體確實就是風靡一時的 Hazel。如果真的是 Hazel，而她的故事亦全部屬實的話，我想 Hazel 死後所經歷的，恐怕比在世時還痛苦吧！

撇除對屍體身分的執著，任何人死後若被這樣當作商品，展覽中間的道德問題實在有必要釐清及討論。這些哲學及倫理問題過去幾年開始得到重視，並有不同國家政府願意無條件歸還任何以不合乎道德標準及沒有得到同意而展出的屍體、木乃伊及人體展品。對於「人性」的重視，或許是木乃伊和屍骸們帶給我們最寶貴的一堂課。

死後也要抗戰
的古木乃伊

木乃伊檔案

發現地點：也門

數目：二十幾具

發現過程：異教文明遺留下來的古木乃伊

特點：因為內戰關係，令博物館沒有資源繼續良好保存這些古木乃伊，木乃伊正面臨被破壞的威脅

戰爭、饑荒、疾病、大自然災害，甚至全球暖化，都影響著生存於世上的我們。但你又有否想過這些災禍，也威脅著死去多時的往生者？

也門近年飽受內戰蹂躪，饑荒及病患不絕。亦因為戰爭的關係，令到保存在當地博物館Sana'a University Museum

的古木乃伊逐漸凋零。博物館內共有12具木乃伊，他們的姿勢有些如胎兒，有些像被包在襁褓的嬰兒放在籃子中。他們均屬於在伊斯蘭教抵達前2500年時的異教文明。

內戰影響屍身保存

內戰使也門電力供應經常不穩甚至不足，而且因為附近的海港都被侵佔，令到用以保存木乃伊的化學物質不能送到大學的研究人員手上，亦沒有消毒的化學物讓他們每六個月為木乃伊消毒一次。因此博物館團隊只能在這惡劣的環境中，用盡辦法拯救這些被放於高濕度及炎熱環境中的文物。可惜的是，考古學家發現這些木乃伊已經因為環境條件改變的關係，開始以正常速度腐化，同時也受細菌影響。

這些木乃伊來自公元前400年一個多神教的文明。在木乃伊身上，依然可以清晰看到牙齒及頭髮。該大學的考古顧問 Abdulrahman Jarallah 慨嘆表示這些木乃伊都是很有力的證據，為我們後代及現在的也門訴說著國家以前的歷史及故事，卻因為瘋狂的內戰，正慢慢地「被犧牲」。

挖掘木乃伊是一個入侵性極高的行為，因此要非常小心。在找到木乃伊後，或是他們出土後，都必須保存在一個非

常穩定的環境內，定期進行清潔，並小心照顧。這些環境
條件只要稍有變異，就會加速空氣與屍體接觸及氧化的進
度，空氣中的細菌接觸亦會腐化屍體。

大意遭破壞的清朝木乃伊

事實上，因為環境條件變異而令木乃伊受破壞，也門的情
況並不是單一例子，包括前文提過關於北智利木乃伊與全
球暖化的競賽。而在中國，一具從已有300年歷史的墓地挖

掘出、還穿著清朝官服的木乃伊，也因為負責挖掘的考古學家魯莽地打開棺材，讓木乃伊數小時內極速氧化變黑。最初找到時，其保存情況異常地好，但數小時後，伴隨著屍體腐化的濃烈屍臭就隨之而來，這種加速腐化現象幾乎令整具木乃伊就此消失於眼前。按照考古學家分析，木乃伊身穿的官服顯示他有著頗高的官職。

也門的考古學家已經就此緊急情況，向當地有關單位甚至國際組織發出呼籲，尋求他們協助，幫忙尋找可以保存木乃伊的專家、機器或材料。博物館更指出，受影響的不止這些木乃伊，還有國家博物館的另外12具木乃伊。他們必須與時間及戰爭競賽。

現代的鬥爭，摧殘著過去的重要文化寶藏。空襲已經將當地中世紀的清真寺及鄂圖曼帝國的庭院徹底夷為平地。也門的歷史，過去透過當地豐富的考古遺址得以展示，考古學家們也相信在這些遺址下面，必定還有很多前人留下的木乃伊還未被發現。所有在考古博物館工作的教授及研究團隊，都希望這些木乃伊能夠從戰爭中被拯救出來，讓也門的文化及歷史不會就此被消失。

CHAPTER FIVE
相 信 的 力 量

菲律賓 「火系木乃伊」

木乃伊檔案

發現地點：菲律賓呂宋島

數目：不明

發現過程：當地土著民族的習俗，現時部分木乃伊仍存於洞穴裏，確實地點保密

特點：以煙燻製，製作時間較長，但屍身保存得十分良好

如有一直留意木乃伊資訊，又或是把這本書讀到現在的讀者，都會發現原來以木乃伊般的形式處理遺體，算是一個非常古老、常見而有名的做法。當然最有名的永遠都是纏著繃帶的古埃及木乃伊（亦因此我儘量於這個系列以極少篇幅介紹這種木乃伊文化）。本篇為大家介紹的，是菲律賓

「火系木乃伊（the Fire Mummy）」，是煙燻木乃伊的一種。

於菲律賓呂宋島上，一個名為伊巴洛伊（Ibaloi）的土著民族於公元1200至1500年期間，一直進行以煙燻方式製作木乃伊的習俗。現在，這種木乃伊都按著其被發掘的地區，有著不同名稱（包括Kabayan Mummies，亦名Ibaloi Mummies或Benguet Mummies及the Fire Mummy）。相傳這種製法，只限於當時部落的「大佬」。

生前已開始準備

整個煙燻木乃伊的過程，跟其他為人所認知的木乃伊文化最不同之處，是由先人臨終時就開始。一般木乃伊製作都是由心跳停頓那刻開始，但「火系木乃伊」的先人臨終前，就會被餵食非常鹹或鹽份極高的飲料。在心跳停頓後，屍體就會被洗淨，以及擺放好成坐姿放在火上，烘乾體內的液體及水分。整個過程中，屍體不會直接接觸火源。

火的熱力及煙，會慢慢抽乾先人體內水分。隨後，煙草的煙會吹進先人口中，以烘乾屍體口內及內臟的水分（這裡所說的煙草，並不一定是我們現在認知的那種，由於現在廣

為普及的煙草要到西班牙殖民後才傳入菲律賓，故此有指是當地一些跟煙草相似的植物）。當整個煙燻程序完成後，他們會以香草塗抹先人皮膚。以煙燻方式製作木乃伊並不常見，因為需時較長，整個製作過程到送到洞內埋葬可長達數以星期，甚至月計，但卻能有效地保存屍體。

這個木乃伊製作及殯葬方法，一直到西班牙殖民者入侵才被迫停止。到了今天，這些木乃伊都依然存放在洞穴裏。這些洞穴都沒有保安系統，因而於1900年代吸引大批盜墓者前來，政府因此下令把墓穴的確實位置隱藏。其中一

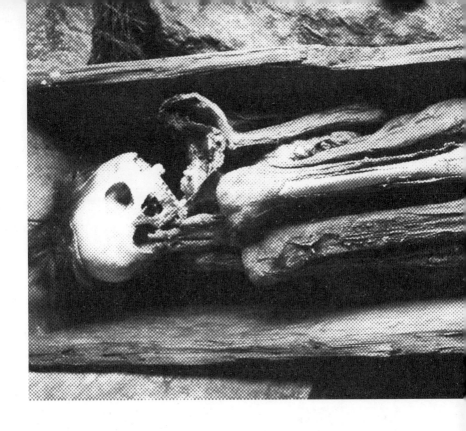

副被偷的，是被當地人視為「半人半神」的部落長老Apo Annu。

Apo Annu的地位可由其覆蓋滿身的特定紋身圖案看出。按照多個部落文化的研究顯示，紋身只限於有頗崇高社會或部落地位者才能擁有，而紋身圖案則可用來細分地位的高低。當地人相信Apo Annu的木乃伊不見了，會為部落帶來天然災難及耕作失收等惡果，因此當局緊急協助伊巴洛伊部落找回Apo Annu，重置部落的平衡，最後幾經辛苦終於尋回Apo Annu，並重新安葬在一個秘密地方。

這些藏有火系木乃伊的墓穴，已被聯合國教科文組織列為受保護文化遺產之一。官方資料中，只有約50至80具木乃伊的資料，亦有數具在呂宋島博物館展出，但時至今天，這些墓穴的確實位置只有當地長者才知道。而知曉的當地人亦有按照慣例，帶同烈酒（Gin）等祭品去拜祭，希望先人能於後世過得安好。

可是，多具被盜取的木乃伊還未被歸還，相信當地人民依然抱著一絲希望，希望盜墓者或收藏家能把木乃伊物歸原主。

懸崖上的
「先人之家」

木乃伊檔案

發現地點：巴布亞新幾內亞

數目：大量

發現過程：當地的傳統習俗

特點：以煙燻方式製作木乃伊，完成後懸掛於崖上

海島小國巴布亞新幾內亞阿西（Aseki）的一條村落，村民準備迎來一位上賓，他的名字是Moimango。 Moimango是該村村長、治療師（Shaman），亦是一位戰士。但是要迎接他的方式有點不一樣，因為這位鴛伽（Anga）人早已死於1950年間，而今天繼承了他村長之位的兒子Gemtasu，準備迎接爸爸從附近高原回來 —— 回來的不是棺木，不是

骨灰，而是被煙燻過的木乃伊。

製作木乃伊的其中一個重要因素，是要為屍體脫水，因為水分會加速腐化。恰巧阿西奇位於熱帶雨林區內，高濕度和高溫都是屍體腐化的催化劑。以熟悉的古埃及製法為例，祭司會為要製成木乃伊的屍體塗上鹽及其他材料（包括洋蔥等食材）的混合物。而巴布亞新幾內亞的村落則和菲律賓的「火系木乃伊」一樣用火，比較清脆利落。

首先，他們會切開所有關節位，然後放入竹造幼管至切口及胃部，以清乾殘餘物。然後屍體會放在專門為這個程序搭建的木製靈屋（spirit haus）煙燻超過一個月，直到所有體液都從身體切口流出。過程中，這些汁液與先人屍體都萬萬不能接觸到地面，否則會帶來惡運。村民則會收集這些汁液並用來按摩，代表往生者的力量及能力都傳到在世者身上。當屍體煙燻好風乾後，會塗上一層紅色黏土以防屍體被動物吃掉。這個習俗令屍體在巴布亞新幾內亞這種濕熱之地也能妥善保存。

當一切都準備就緒，木乃伊就會被放在指定的懸崖上懸掛。由於懸崖的環境其實不適合存放木乃伊，故木乃伊的保存狀態經過一段時間後都會受影響，村落長老Moimango木乃伊的頸椎便脫離其他頸椎塊，必須維修，不然頭部很

快會掉下來。要接上掉下來的部分，村民就必須再用之前的那款紅黏土。當然，有些木乃伊因為「日久失修」，現只剩下骨頭。

只為記著先人

對鴦伽人來說，這些木乃伊就像我們的相片一樣，若只是將先人埋在地下，恐怕總有一天會把他們忘記。而他們亦相信，先人的靈魂白天會四處遊走，晚上就會回到自己的

木乃伊化的屍體裡「寄宿」。以煙燻方法製作木乃伊，於十九及二十世紀的巴布亞新幾內亞非常盛行，直到基督教傳教士及英國、澳洲政府官員於二十世紀到達，並以衛生及不文明為由，嚴禁這個殯葬傳統為止。

除了用煙燻的方法，木乃伊的製法還有很多，最為人熟悉必定是用繃帶纏著、放在石棺並埋在金字塔裡的古埃及木乃伊。這次提到的煙燻木乃伊，說明了其實木乃伊化的最終目的有二：一、追求永生；二、令往生者恍如仍存在世上。而鴦伽人製作木乃伊的最後步驟是要綁在椅子上然後掛在懸崖。送上懸崖前，在生的人會以往生者為中心圍著跳舞，以懷念他們過去一起生活的美好日子。

重現小孩木乃伊的生前故事

木乃伊檔案

發現地點：阿根廷

數目：3具

發現過程：在尤耶亞科火山離山峰不遠處被發現

特點：透過分析三具小孩木乃伊的死前飲食習慣，發現他們被選為祭品，亦透露出當時的祭獻過程

木乃伊屍體的保存狀況一般都非常好，除了可以讓我們知道他們當時的生活習慣及文化之外，在部分情況下，更會向我們訴說他們生前最後一刻發生的事。三具源自南美印加文化的木乃伊，在1999年於阿根廷的尤耶亞科火山（Volcán Llullaillaco）離山峰不遠處被發現。考古學家透過研究這三具木乃伊，了解到印加獻祭儀式Capacocha的經過。

生前被餵「迷藥」減反抗能力

印加文明發源自十三世紀（約相等於中國南宋時期）的秘魯高原，然後傳遍南美的西南方。國土曾經包括現在的秘魯、阿根廷、哥倫比亞、智利及玻利維亞等地區。一直到公元1533年西班牙征服者到南美後，才被毀滅。

這三具木乃伊保存得十分完好。他們分別是約13歲的尤耶亞科少女（Llullaillaco Maiden）、7歲的尤耶亞科男孩（Llullaillaco Boy）及7歲的「雷擊女孩」（Lightning Girl）。因為當地環境的關係，令到他們的屍體完好地保存下來，看上去猶如只是睡著了，整體看起來就像去世不久。

透過科學分析，研究人員發現他們三人的體內都有著可以讓人昏迷的物質，懷疑他們曾經被下藥，甚至是長時間的過程。

人類的頭髮，每個月大約生長約一厘米左右，故此尤耶亞科少女綁著辮的長頭髮，就等同她一生的時序表，透過生物化學分析頭髮，研究人員了解到她死前兩年的飲食習慣，包括飲用由古柯（coca）及玉米發酵而成的酒精飲品。兩種物質在當地來說，都不是日常生活中經常能吃到。

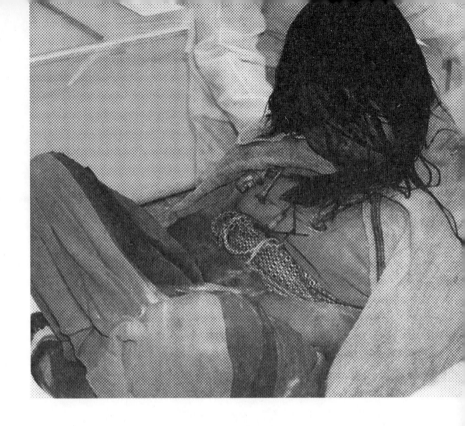

根據歷史文獻記載，孩童被選中成為祭品後，他們的飲食習慣就會有著重大改變。以尤耶亞科少女為例，剛踏入青春期的她被選中後，便被迫遷離家人，在祭司的監督下生活。透過 DNA 及化學成份分析，發現少女死前一年，攝取的營養變得比較豐富及良好，相信是開始吃到貴族食物，如動物脂肪及玉米等。而古柯的含量在她死前一年及六個月，都有明顯上升的跡象。考古學家推斷這些都是少女被選中後的轉變。至於酒精，則是在她死前的六至八個星期前的分析才找到。

以印加文化來說，古柯酒能夠誘導身體作出與神聖有關的狀態改變。除了因為文獻記載的信仰原因外，研究人員深信使用這兩種物質背後亦有著務實的原因：令負責此儀式的人可以順利在小孩沒有反抗的情況下，帶他們到高山上，讓小孩們「接受」他們的命運。因此，研究人員推斷當時他們希望用酒精來改變少女的精神狀態，透過不停地餵她食古柯及飲用酒精飲品，慢性累積這些物質於她體內，直到祭獻一刻。

DNA及病理學測試更在少女的肺部組織樣本驗出活躍的病原體，可以證實少女在祭獻時，肺部已經受感染。

相信她在祭獻的那天再被「下藥」，務求令她更溫順、麻木，甚至神智不清醒。考古學家覺得這個推測也與少女木乃伊坐姿呈現放鬆狀態有關。而最初發現木乃伊時，少女口中更發現曾經咀嚼過的古柯葉。

從另外兩名孩童的頭髮分析，亦找到古柯及酒精的痕跡，不過含量比少女為低。考古學上，並不是初次發現祭獻而留下的木乃伊。不過相比之下，這次在尤耶亞科火山發現的木乃伊沒有任何顱骨創傷，證明小孩們都平靜地死去。

讓祭祀儀式首被「看見」

亞利桑那州立大學的考古學家Kelly Knudson指出，透過尤耶亞科的研究，令我們間接明白到以前印加社會對於控制、強迫手法的運用及處理。利用酒精等毒品來控制小孩的意識，並將他們輕易地帶到遙遠的高山上，展現著背後有當權人士的支持。而透過分析木乃伊穿著的衣物及飾物，也發現他們來自印加的不同貴族地區，證明有著全個印加版圖的支持。

美國考古學家Johan Reinhard則指出，這種祭獻儀式並非印加文化中常見，一般都只在出現大型死亡事件，如天災、饑荒、瘟疫等，才會舉行隆重的祭獻，希望令神明息怒。Reinhard指出對印加文化來說，小孩是非常珍貴的資產，亦被視為最純潔。這種祭獻到目前為止只有西班牙探險家的描述，而他們也沒有證據證實，只是印加人的轉述。透過這次考古學發現，專家及研究人員終於可以「親眼看見」這種儀式，亦可比較歷史記載與木乃伊上獲取的細節。

對研究員來說，每從木乃伊上獲得一項資料，就等同再一次提醒他們眼前的並不只一副骸骨那麼簡單。這些孩子如同以另一個方式，告訴500年後的我們有關他們的經歷。他們也曾經是一個人，一個小孩，這些資訊就像向我們訴說著他們短暫而淒美的一生。

貓星人木乃伊群

木乃伊檔案

發現地點：埃及

數目：數十具

發現過程：當地的傳統習俗

特點：多隻貓被製成木乃伊，製作過程相當仔細

2018年下旬，埃及開羅旁邊的薩卡拉（Saqqara）有著令世界為之震驚的考古學發現。研究人員在當地一個已經約4,500年歷史的墳墓裡，發現共數十具貓木乃伊及數具貓的雕像。當地古物辦事處專員指出，此發現為當地有史以來的最大發現。

於發現中，考古學家一共找到七具石棺（sarcophagi），其中三具存放著貓木乃伊，推斷為古埃及古王國時期第五皇朝（Fifth Dynasty）的產物。有趣的是，由於墳墓的外觀及門都完好無缺，表示裡面的文物有機會從未被接觸過。在放著數以十具的貓木乃伊當中，考古學家尋獲一百具木製及一具銅製貓雕像，作為對古埃及的貓神「Bastet」的奉獻。

很多人對古埃及木乃伊都有深刻印象，不過絕大部分人都不知道他們其實也會製作動物木乃伊。而古埃及對製造動物木乃伊的程序也非常認真，仔細程度不比人類木乃伊馬虎。將貓也木乃伊化，當然是希望無論以任何理由，都可以永遠保存牠們，以達到永生。

見證貓的地位

根據古希臘歷史學家Diodorus記載，有關將神聖動物製造成木乃伊的歷史可以追溯到公元前一世紀。一般來說，（無論動物或是人的）屍體會被布料包裹好，並塗上雪松油（cedar oil）及其他香料，然後放到墳墓裡。當然我們現在知道，人類木乃伊的製作過程比他描述的來得複雜，而透

過現今的科技，更讓我們了解到動物木乃伊的製造過程其實也異常仔細。

製造人的木乃伊，第一步是取出內臟。同樣地，製作動物木乃伊的第一步也是要取出內臟，並放入沙及泥，有時候甚至會混入蘇打粉去抽乾屍體水分。取出的內臟一般都不會保存下來，這一點與把內臟放到指定瓷罐（canopic jars）的人類木乃伊作法不同。然後貓的四隻腳都會被擺至身旁，即側睡狀態，以樹脂或類似的材料塗抹，最後以浸過蘇打或氧化鈉的布條包裹起來。有時候因為動物屍體比較細小及柔軟，祭司們須用到藤枝（reed）為屍體支撐。更有些為著木乃伊顯得特別栩栩如生，會把貓身及伸展著的貓腳分開包裹。廟宇會有特定的建築物及空間放置動物木乃伊，更會有專人處理及看管。

當時候到了，貓木乃伊就會從廟宇內取出，送到墳場裡埋葬。此時，貓木乃伊有機會再被多層的布料包裹起來，更有時會放入陪葬品、護身符等。貓木乃伊最後一般都會呈現管狀，只會大約看到頭及貓耳朵的輪廓，才能辨識它是貓木乃伊。有時候，貓的臉部特徵也會被畫到木乃伊的布料外面，甚至放上銅製的貓面具。這做法的靈感都是來自人類木乃伊的黃金面具。當然，亦有貓木乃伊被放到小巧的木製棺材裡面，這些棺材以勾畫動物身體的線條為主，

就如我們看到的人類木乃伊，石棺都是按著一個人的身體的流線型線條來塑造。

古埃及人 買貓木乃伊作祭品

古埃及把貓製造成木乃伊，安葬在人的旁邊，顯示他們對貓的愛護，以及貓的獨特地位。他們如此愛貓，其中一個原因是他們發現貓有能力驅趕老鼠、保護農作物及提防毒蛇。貓也是很好的雀鳥獵人，亦是很有個性的寵物。因為

其重要地位，在古埃及殺害貓咪都有機會被判刑事罪行。若以宗教、信仰角度來分析，古埃及對貓的喜愛亦和牠們懶洋洋的性格有關。由於貓喜歡攤在太陽底下，所以古埃及人認為貓有力量可以與太陽神（Ra）溝通。

話雖如此，在把埃及人對貓的熱愛浪漫化的同時，現今科技也讓我們知道很大部分的貓木乃伊，死時都相當年幼。按照考古學家研究大英博物館的貓木乃伊館藏，很多貓死時只有約2至4個月，又或是9至12個月大（一般貓咪在有被照料的前提下可以有長達12年的壽命）。而研究人員更發現這些小貓咪的死因，大部分都是因為頸椎移位，顯示貓咪被大力扭斷頸部，又或是被勒死。

其中一個說法是，當時貓的繁殖速度比廟宇所能安頓的數量快及多。另一些說法是信徒前往廟宇參拜時，都會想買下貓木乃伊為自己祈福。動物木乃伊有著特別的宗教地位，情形就如現今進廟點香，或於教堂點蠟燭一樣，只是，香或蠟燭在當時就變成木乃伊。

動物木乃伊
隱藏的密碼

木乃伊檔案

發現地點：埃及

數目：大量

發現過程：當地的傳統習俗

特點：不同的動物被製成木乃伊，包括甲殼蟲、狗、蛇等。這些木乃伊反映了古埃及人對待動物的文化，以及當時的社會狀況

在前文提及的第五皇朝墳墓內，除了貓木乃伊，考古學家還發現稀有的甲殼蟲（beetles／scarab）木乃伊——兩具甲殼蟲木乃伊被包裹後，放在石灰製的石棺內，棺蓋上更畫上三隻黑色的甲殼蟲，另外亦有小量的甲殼蟲木乃伊放在另一個石棺。

貓木乃伊不是新鮮事，貓在古埃及有著神聖的地位，但除了貓之外，原來古埃及也有用到其他動物造木乃伊。

動物木乃伊　種類繁多

古埃及的動物木乃伊數量及款式都很多，包括猴子、鱷魚、蛇、水牛、赤鷺（ibis）及狗等等。因此找到甲殼蟲木乃伊時，考古學家都沒有太驚訝，而據他們推斷，要把甲殼蟲製成木乃伊的工序應該比貓木乃伊更簡單。

埃及學家Salima Ikram教授指出，動物體積愈大，製作木乃伊就會愈複雜，而複雜程度取決於動物屍體內的脂肪含量，以及是否需要挖出內臟。以甲殼蟲的情況來說，挖出內臟幾乎是沒有必要的。鱷魚及蛇等爬蟲類就比較難說，因為牠們的脂肪含量比哺乳類少但身上佈滿鱗片，所以有機會並非每次都把內臟取出。有些鳥類更會直接放到樹脂液（resin）內，殺死牠的同時又能保存屍體，一石二鳥。

2015年，Ikram教授在埃及一個地下墓穴內，發現了共800萬隻狗木乃伊，用作奉獻給古埃及的阿努比斯神 —— 古埃及神話中與防腐及木乃伊製作有關的胡狼頭神。此考古學發現，為我們理解古埃及宗教提供多一些啟發。

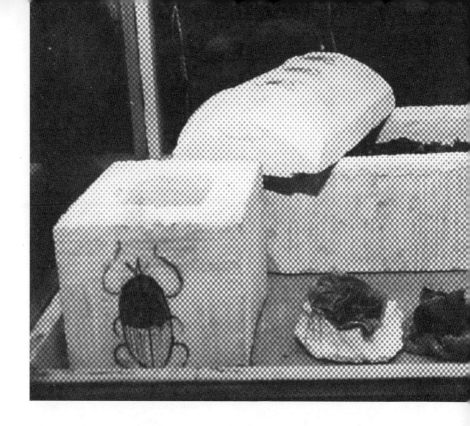

於動物死後仍投放極多資源來製作木乃伊，透露了古埃及文化如何看待動物。古埃及人認為動物是有靈魂（ba）的生物，就如人一樣；反觀在現今社會中，卻經常讀到虐待及遺棄動物事件，很多人都不會將動物和靈魂劃上等號。古埃及人的字典上一直沒有「動物」一字，直到基督教傳入，才開始分開「動物」和「人」的概念。

對他們來說，動物是有靈性的生物，特別是因為古埃及人的神明，很多都以動物形象展示，例如法老王的守護神荷

魯斯（Horus）的形象是一隻頭（falcon）；智慧、文藝之神托特（Thoth）則是以鷁為形象。由於古埃及的宗教和神明都和大自然有關，因此很多神明的形象都跟相關的動物扯上關係。例如阿努比斯的職責是製作木乃伊，並協助送往生者到後世。狗隻能在沙漠之中行走而不會迷路，因此阿努比斯就以狗的形象顯示。又如貓神Bastet也是美麗之神，以及自我放縱、我行我素的神明，這跟我們認知的貓的性格也相當吻合。而文初講到的甲殼蟲，在神話中是太陽神的象徵，因此將牠們木乃伊化永久保存，也是合理之舉。

可惜的是，歷史上很多動物木乃伊都不被尊重，不被視為重要的文物。反之，牠們被用作船的壓艙、燃料、肥料，甚至磨成粉末當藥粉。即使如此，依然有很多不同的動物木乃伊於古埃及的考古過程中被發現，而牠們也被視為重要的文化資訊，特別是向我們指出當時社會文化、環境的變遷。

透露古埃及社會狀況

舉例說，布魯克林博物館的古埃及文物專員，曾將館藏內的動物木乃伊拿到附近的兒童醫院照 X 光及電腦掃描。他們發現其中一具貓木乃伊的前腳交叉放在胸前，就如人形木乃伊般。為了推斷是否某時代的特定製作方法，工作人員把小量的木乃伊布料拿去作放射碳測試，發現木乃伊時期與布料時期並不吻合，因而推斷這些布料可能是循環再用的衣物。

又如發現800萬隻狗木乃伊的地下墓穴，顯示了當時可能是私人的狗隻繁殖場或養殖場，情況有如我們今天的農場養殖。從發現的狗隻木乃伊骸骨顯示，很多狗隻年紀都相當幼小，似乎出生沒多久後就被殺害製成木乃伊。對我們

來說，這是極為殘忍、不人道的行為，但對於古埃及人來說，他們會覺得這些小狗可以直接到永恆的阿努比斯的懷抱，比起人世更為美好。

古埃及的木乃伊製作，後來發展成一個頗為成熟的工業。透過了解被歷史忽視的動物木乃伊，可以知道他們製作木乃伊已有一個成熟的經濟運行模式及體系，甚至因為電腦掃描技術，我們今天知道了木乃伊製造業也有騙案，例如有木乃伊包裹著的只是數塊骨頭，甚至沒有任何屍體。

動物木乃伊的數量，可以說是古埃及人留下給我們的厚禮。他們被譽為是人給神明的溝通橋樑，但是他們留給後人的訊息，卻不可能徹底被解讀。或許，要完全明白古埃及人的頭腦，我們還需要走很長的路。

CHAPTER SIX
神秘木乃伊傳聞

圖坦卡門的「詛咒」

木乃伊檔案

發現地點：埃及

數目：1具

發現過程：英國考古學家卡特帶領的團隊，在1922年發現圖坦卡門墓穴

特點：古埃及第十八王朝的最後一任法老王圖坦卡門，由於死後傳出墓穴詛咒，以及死因成謎，加上他的一生充滿傳奇，故成為古埃及學的象徵

古埃及第十八王朝的最後一任法老王圖坦卡門（Tutankhamun）有著神秘的魔力。他在八、九歲時跟家中的姐妹結婚，十一歲繼承王位，但在十九歲就突然離世。他的死因對古埃及學學者來說一直都是謎。但吸引著外界目光的並不單是他的死因，而是他許下對擾墳者的「詛咒」。

考古隊「離奇」相繼死亡

1922年11月，英國考古學家卡特（Howard Carter）連同他的「米飯班主」及業餘古埃及學愛好者 Carnarvon 爵士，發現了圖坦卡門的墓穴。卡特在他個人的田野筆記「詳細」記錄他的發現，同時急不及待地在各個墓室「探索」一番。於1923年3月6日，Carnarvon 爵士在墓穴口被蚊子叮了一口，並在一個月後於埃及逝世，而他的狗也突然在英國長吼一聲便猝死。之後，卡特及考古團隊都相繼因為心臟病或其他原因死去。為人熟悉的柯南道爾，亦即《福爾摩斯》的作者指出，有理由相信爵士的死是因為中了圖坦卡門的詛咒。

圖坦卡門詛咒因此傳得熱哄哄，有不同作家及學者都相繼表示，這考古行為騷擾了法老王長眠，故得到了報復。他們都紛紛指出，墓穴外有以古埃及象形文字寫著的忠告，簡譯：

那些闖入這個神聖墓穴的人，必會換得死神翅膀的探訪。

They who enter this sacred tomb shall swift be visited by
wings of Death.

到底這個詛咒是否真的？

「咒語」只為防盜

1962年，開羅大學的生物學家發現，當時負責這個考古項目的工作人員，其實因接觸到文物而得到了呼吸道感染或相關病症。經考證後發現，墓穴不知為何在很趕急的情況之下就建好，墓室壁畫顏料都還沒乾，就被封起來。未乾的油漆在密封環境中發霉，形成了致命的肺病細菌源。卡特他們找到墓穴時，並沒有考慮過這一點，也沒有穿上任何保護衣物，就直接衝進墓穴，令細菌有機可乘。另外，考古隊伍長期在惡劣環境下工作，免疫力已經差，任何透過蚊子散播的傳染病，對他們來說都是致命的。

至於那個詛咒和柯南道爾又是甚麼一回事？那個所謂的「詛咒」在經過考究後，根本沒有任何一位古埃及學家找到那句死亡忠告，也就是說是假的。而柯南道爾說的也只是亂編（別忘記他是一位很出色的偵探小說作家哦！）。為甚麼他們要這樣做？原因是發現墓穴的卡特希望擋下媒體跟其他人，但也知道沒有可能封鎖消息，從他對所有皇室墓穴考察的經驗所得，都知道他們有類似的詛咒說法，於是就借用並消費這個概念，希望以生命將受威脅的說法把其他人攔下。

這個做法，後來在十六世紀的大文豪莎士比亞的墓碑上也看到。他的墓碑刻著（以現代英語簡譯）：

祝福放過這碑石的人，詛咒動我骨頭的人。

Blessed be the man that spares these stones, and cursed be he that moves my bones.

莎士比亞這樣寫是有原因的。他並不是想保持他一貫大文豪的調調，而是清楚他如果不這樣寫的話，其骸骨很快就

會被盜墓者挖走。這些盜墓者的最終目標不是他的陪葬品，而是他本人的屍體。偷屍賊把屍體挖走後，會轉賣給當時的醫學院或醫生做教學及展示用途，這是當時一個非常發達的產業呢！

這些考究其實一直都存在，只是沒有人願意相信。直到1980年8月29日，有軍人警察被委派去「保護圖坦卡門的墓穴」，在裏面睡了整整七年，並以個人第一身經驗證明那些所謂詛咒都是假的，只是用來防盜。即使如此，到了今天，圖坦卡門的墓穴都快被發掘了一個世紀，但還是有人相信詛咒確確實實存在。

解開
圖坦卡門死因之謎

上文拆解了圖坦卡門的「詛咒」。除了詛咒神秘之外，他的死因，特別對古埃及學學者來說，是另一個謎團。為何他在事業愛情兩得意之際，十九歲之齡就突然死去呢？古埃及視心臟為儲藏知識的地方，必須要保留，以便在後世生活，但圖坦卡門的木乃伊裡為何沒有他的心臟？又為甚麼有學者說圖坦卡門的屍體有被燒過的痕跡？

很多人都因為圖坦卡門那個全金的木乃伊面具成為了古埃及學的象徵，從而知道他的大名。有些人可能知道他是「The Boy King」—— 英年早逝的法老，但他的死因卻很少人談起。現在法醫學及科學鑒證技術發達，可以借用到考古學上，揭開圖坦卡門的死因。

圖坦卡門是飛車黨？

在下判斷前，必須先看看圖坦卡門的骸骨上有沒有其他創傷。1968年，學者們為圖坦卡門的木乃伊照了多張X光，繼而發現其腦後有一處創傷痕跡，而其中一隻腳的骨折亦完全沒有復合跡象。多年來，外界不停揣測圖坦卡門是被人用鈍器所殺，因此留有腦後傷痕。古埃及學研究學會（Egypt Exploration Society）的 Chris Naunton 博士指出，從各種研究及文物顯示，圖坦卡門是一位喜歡「賽車」的年輕人 —— 那個年代已經發明了一種可以更換車輪的馬車。因此，他很大機會在騎著座駕全速飛馳時，因超速造成車輪脫軌而被拋出車外，導致腿部、多根肋骨骨折及盆骨碎裂，造成大量內出血致死。從骨頭的創傷看來，他被拋出車後，其中一個膝蓋直接著地，因此致死。如果換成今天的說法，就是交通意外。至於後腦的傷痕，則不是由這個意外造成。古埃及學者及考古學家都指出，這種創傷痕跡在其他參考標本都有看到，證明是他死後被製成木乃伊時的「副產品」。

此後，學者及研究人員更化驗其中一些木乃伊的軟組織樣本，發現圖坦卡門的遺骸有被火燒過的痕跡。更重要的是，化驗結果指出這些火燒痕跡都是在木乃伊進棺後才發生。那到底是誰放的火？為甚麼要燒棺木？

棺木被燒之謎

考古學家認為，製作木乃伊後尚有一個程序，就是以火封起棺木。學者們大膽假設在製作圖坦卡門木乃伊時，祭司們使用的油不小心沾濕了包裹木乃伊的布。這個發現，在考古學家卡特於1922年的筆記也有輕輕提過。封棺時，由於有氧氣助燃，整個木乃伊就在棺木裡被大火燃燒。祭司都會把心臟留在木乃伊內，好讓先人順利通往後世，可是祭司們粗心大意，令這位君主被大火吞噬，心臟亦順理成章被燒成灰燼。不過亦有學者反議，認為圖坦卡門的心臟是在車禍中碎掉，故此沒有保留下來。

簡單總結，圖坦卡門的死因是意外造成骨折，繼而引起內出血死亡，其木乃伊則被火舌無情吞食。

1968年的X光片同時顯示，圖坦卡門的頭顱裏面有兩種不同顏色的液體，其中一種看上去類似棕色的。後來因為檢驗DNA的關係，化驗員成功辨認了這種棕色液體為樹脂的一種，是祭司們用來防腐的物料。而按照同一做法，他們又嘗試抽取另一種樣本，最後，同樣得出是另一種樹脂。換句話說，圖坦卡門的木乃伊總共被防腐了兩次，顯示圖坦卡門死時不在他住的首都 Thebes，反而在更遠的地方。

在埃及的炎熱氣候下，要把屍體運回去，就必會腐化。故此，應該有相關人士幫圖坦卡門先簡單防腐一次，亦因此，他被製成木乃伊時，手部的姿勢跟平常古埃及皇室的不一樣。平常的都是雙手交叉放在胸前，手執權杖，而圖坦卡門身在他方，沒有辦法之下，只好把雙手放兩旁。

最後的一個迷思是，為甚麼年紀輕輕的他，共有131枝那麼多拐杖陪葬？如果仔細檢查，不難發現幾乎所有的拐杖都有使用過的痕跡，證明圖坦卡門雖是年輕人，卻行動不便。這跟DNA檢查的結果吻合。古埃及慣例是必須近親通婚，以保皇室血脈純淨，但這亦代表罹患遺傳病或先天性疾病的機率較高。這些遺傳病減弱了圖坦卡門的免疫系統，加上受瘧疾影響，引致骨死亡（Necrosis），令他左腳不良於行，需要拐杖輔助。

雖然圖坦卡門一生坎坷：早要背負成年人的責任、身體行動不便、免疫系統弱繼而體弱多病，但在諸位法老王中，只有他的棺木特別精細，特別美侖美奐，可見他在人民心目中的地位頗高。他任內興建廟宇供奉太陽神 Amun，又有著年輕人的幹勁，親征上陣殺敵，同時亦看重大局，撤掉父王的宗教及社會改革，以重整全國士氣。他果斷把自己的名字改為我們都認識的他 —— Tutankamun（圖坦卡門），

意思為「活像太陽神Amun（Living image of Amun）」。

對古埃及人來說，他不是Boy King，而是真真正正的法老王。

木乃伊
會「眨眼」？

木乃伊檔案

發現地點：意大利

數目：1 具

發現過程：應家人要求，屍體被標本師及防腐師妥善保存

特點：屍體保存良好，屢屢被指懂得「眨眼」

1920 年的意大利西西里，只有兩歲的 Rosalia Lombardo 死於肺炎。在抗生素面世前患肺炎而死的例子多不勝數，並不是多罕見驚奇的事 —— 當時的肺炎死亡率高達三分之一。多年後有關於 Rosalia 的事跡，並不只是因為其木乃伊身體被非常妥善地保存，而是相繼有當地新聞、影片、照片及報道拍攝到木乃伊化的 Rosalia 在眨眼！

Rosalia 是世上其中一副最妥善保存的木乃伊。只有兩歲的她，要不是胸前的聖母牌有氧化的跡象，還以為她只是睡著了，或是最近才過世。 Rosalia 在防腐後被安放在一個玻璃箱裡，自此放在卡普奇尼地下墓園（Capuchin's Catacombs of Palermo）。

Rosalia 死後，被標本師及防腐師 Dr. Alfredo Salafia 應家人的要求防腐處理。一般最為人知的埃及木乃伊都是把體內的器官取出，再以蘇打及棕櫚酒清洗體內，放乾四十天。之後內臟會被樹脂覆蓋，以布包好放回木乃伊體內或卡諾卜罈（Canopic Jar），但這不是 Dr. Salafia 採用的方法。

Dr. Salafia 把防腐混合物注射入 Rosalia 靜脈裡，跟今天的防腐處理方法很像。這種方法於十九世紀中期很受歡迎，特別是因為戰爭需要把陣亡的軍人送會家鄉。即使到二十世紀後期，Dr. Salafia 用於 Rosalia 的秘方都沒有公開。直到後來，有人努力搜尋後找到 Dr. Salafia 的筆記及手稿，裡面清楚寫明他為 Rosalia 注射的防腐劑含有：

- **福馬林**：殺死細菌
- **鋅化合物（氯化鋅 Zinc Chloride 及硫酸鋅 Zinc Sulfate）**：令遺體保持原有硬度，不會塌下來，最後變成蠟造質感

- **甘油**：防止屍體過分脫水、乾枯
- **酒精**：脫水
- **水楊酸**（Salicylic acid）：為一種植物激素，有抗菌作用

遊客蜂擁而至　只為捕捉「眨眼」一刻

由於 Rosalia 的屍體保存得太好，很多人都認為現在陳列的只是仿製品。因此在 2009 年，*National Geographic Channel* 一套紀錄片利用磁力共振（MRI）為 Rosalia 的木乃伊照了 3D 影像，清楚看到這位睡公主的器官還完好無缺地在身體內。其實，早於 2000 年初，*History Channel* 已經為 Rosalia 照了 X 光，除了看到骨骼及器官完好之外，其腦袋只是縮小了百分之五十，而且只是因為防腐過程才出現。

而在拍到小公主「眨眼」的連拍照片裡，隱約還看到她微張八分之一的藍色眼睛（我就看了很多次都看不到）。據意大利人類學家 Piombino-Mascali 說，其實 Rosalia 的眼睛從沒有完全合上過，這個「眨眼」的舉動多半都是因為地下墓園室內溫度及濕度改變而造成。他亦解釋有機會是旁邊窗戶的光影，造成視覺上的錯覺。當然亦有說法指這是 Rosalia 靈魂返回了自己身體的徵兆。

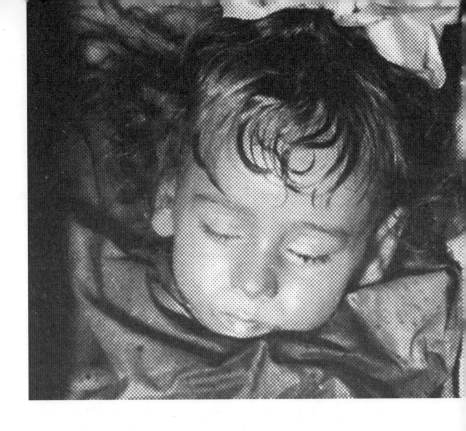

這位小美人每年都吸引數以千計的人帶著相機去到玻璃箱前，企圖捕捉木乃伊「眨眼」的一瞬間。到底 Rosalia 生前是一個怎麼樣的小孩呢？說實話，沒有人知道。但在等候溫度及濕度對 Rosalia 屍體造成變化時，要記得她其實代表了以前沒有抗生素的生活，亦代表了家人對她的無盡思念。

「外星生物」
三指木乃伊？

木乃伊檔案

發現地點：秘魯

數目：1具

發現過程：網上流傳只有三隻手指及三隻腳趾的「外星人木乃伊」，於秘魯被發現

特點：身分成疑，被懷疑非人類

2018年6月中下旬，一段有關於秘魯發現疑似「外星生物」三指木乃伊的影片於網上流傳，我亦收到很多朋友及讀者轉發，似乎大家都很想知道這個「驚世大發現」到底是否屬實。

大家所執著的，是木乃伊只有三隻手指、三隻腳趾，而且長度都跟人類不一樣。另外一個論點是木乃伊的頭部比一般人長，頭骨上有著大眼睛，卻沒有耳孔及鼻孔。如果有看

過原本的「調查影片」，也會發現專家指出從Ｘ光片看來這木乃伊缺少了下顎，令他生前不能像我們一樣咀嚼。這些理據聽起來好像很充分，但從我的角度，以及觀看了所有與調查有關的影片後，所謂的「發現」其實疑點重重。

在原本的「調查影片」當中，一名Ｘ光專家指出從頭骨的Ｘ光看來，顱骨上沒有縫線（sutures）的痕跡，證明頭骨不是偽造，而頭骨的長度跟我們平常人類很不一樣，絕對不是人類擁有的特徵。

長頭骨其實並不罕有

如果有聽過我於不同場合的講座或分享，都會發現我經常拿著秘魯一些有關重塑頭骨的考古發現，來解釋人類學於分析不同地域的骸骨發現的重要性。事實上，影片中所謂的長頭骨，其實屬於前哥倫比亞（pre-Columbia）時期的一些文化習俗。當時風俗喜歡把頭骨重塑，以符合他們的審美觀及社會地位等。此舉其實與古埃及的風俗很像。而一般在 Google 搜尋關鍵字如「alien skull」或「human-hybrid skull」，得出的長頭骨都多半都是來自前哥倫比亞時期的帕拉卡斯文化（Paracas culture）。這個古有的歷史文化風俗，突然被我們後世所「認知」及誤解，全因電影 *Indiana*

Jones and the Kingdom of the Crystal Skull 裡面的水晶骷髏頭。

另外值得一提的是，影片中提過這具木乃伊的樣本，被拿去鑑定到底是甚麼時候的「生物」，而碳十四的鑑定結果顯示他是來自公元前245至410期間。這段時間恰巧是橫跨納斯卡文化（公元前300至700年）的全盛時期，但影片中的專家卻沒有就這個鑑定來比照該文化，反而不停重複又重複指木乃伊不是人類，令人大惑不解。

說到納斯卡，必定要提當地一個墳場Chauchilla Cemetery。裡面的骨頭及木乃伊都是以坐姿呈現，也就是說，他們死時的模樣及姿勢跟幾千年後的你看到的是一模一樣。由於這墳場位於沙漠地帶，氣候非常乾燥，因而全天然地木乃伊化了整個墳場的骸骨。

星爺的《大內密探零零發》入面，解剖大會的司儀說會「不停重複又重複，重複又重複地解剖天外飛仙」，目的是希望專家可以看清楚天外飛仙的結構。而「三隻手指」這個論點於「調查影片」裡亦是不停重複又重複地提及，目的是希望大家都記住骸骨有著不同數量及長度的手腳趾。

由於影片中沒有展示木乃伊的手部X光片，我先暫不評論。不過，在發現這具木乃伊前幾個月，秘魯的一條沙漠隧道

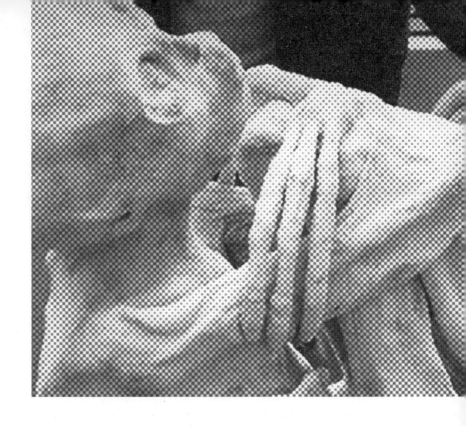

就發現了一隻同樣只有三隻手指的手,手指每隻約八寸長,指尖有指甲。當地專家研究後發現其實只是人為的——從X光看到除了從右開始數起的三節外,其他的骨頭排位都不是按照平常的解剖體位排列,而這隻手至少有兩隻手的骨頭在裡面,其中一個說法是把原有的另外兩隻手指重新排位,造成三隻的效果。

除了以上三點,有人可能會覺得木乃伊上的白色「粉漆」很奇怪,這其實是樹脂的一種,能夠於製作木乃伊時幫助脫水。由於當地獨有的氣候,因此看上去白白的。利用樹脂製造木乃伊亦常見於古埃及。

DNA 報告證實身世之謎

而最新有關這具木乃伊的DNA報告（Lakehead University Paleo-DNA Laboratory, Canada)於九月底出爐，指出木乃伊超過百分之九十八點五機會是人類，有百分之一點五是未知，而透過碳十四，亦稱放射碳（Carbon-14）測試，證實她來自1800年前。英國超自然現象研究員及支持者Steve Mera在協助進行是次測試後總括，這木乃伊很有可能是屬於古人或是另一種人類。最值得大家關注的是，在整個發現及研究過程當中，沒有專業的考古學或人類學家在場支援。

如果你看完本調查單位發布的影片，可能都會半信半疑。研究團隊更於暑假一個有關木乃伊學術會議 The World Congress on Mummy Studies 發表研究及調查結果。結果卻是大會除去了他們所謂研究的可信性，並說：

「木乃伊研究是一門科學，當中沒有任何偽科學可以站立的空間（Mummy studies is a scientific discipline and there is no space for such claims #pseudoscience）。」

墨西哥
怪誕「屍」新娘？

木乃伊檔案

發現地點：墨西哥

數目：1具

發現過程：於婚紗店的櫥窗突然出現

特點：不知是木乃伊，還是像真度極高的人體模型，到現時尚未有答案

墨西哥契瓦瓦（Chihuahua）一條小巷裡的婚紗店櫥窗，經常吸引很多人的目光，甚至有世界各地的遊客慕名而來。這些人都不是被櫥窗裡的婚紗吸引著，而是目不轉睛地看著一個人體模型，有些人甚至不惜面貼玻璃，近距離用眼睛在模型身上進行「地毯式搜索」。

這些人只有一個目的，就是想知道這個人體模型到底是否真的是木乃伊。

這具舉世聞名的人體模型被稱為 La Pascualita（英譯「Little Pascuala」）。Pascuala 已經在這間店舖（同一位置）「生活」了將近 90 年的光景，隨著歲月流逝，她的名字早已被淡忘。這具模型背後有一個詭異的都市傳說：她其實並不是甚麼塑膠製的模型，而是這家婚紗店的第一任創辦人 Pascuala Esparza 的女兒的屍體！

真實得恐怖的櫥窗模型

按記載，這具模型於 1930 年的 3 月 25 日突然出現在婚紗店的櫥窗，巧合的是，不久前婚紗店店主 Pascuala 的女兒於自己婚禮上，被一隻黑寡婦蜘蛛咬了後斃命。坊間流傳，因為店主太傷心，又想保存女兒的美貌，因而把女兒的屍體防腐，並換上最新款的婚紗，放在婚紗店門口吸引客人。

這個說法被廣泛流傳，是由於城鎮裡的人都覺得模型的長相和 Little Pascuala 異常地相像。雖然後來的店主都已澄

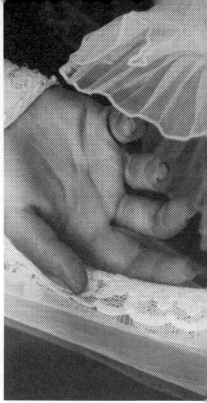

清，但都無法令民眾信服。因這傳聞而衍生的故事亦很魔幻，有指一個法國魔術師被Pascuala的美貌吸引著，而深深愛上了她，在她身上施展了魔法，令他們能於晚上共舞；另一傳說指她能於晚上店舖關門後自由活動，情形就像美國電影《翻生侏羅館》（*A Night in The Museum*）一樣，並在日出前返回自己的「崗位」。

幾乎所有研究過Little Pascuala的人，看過她後都肯定她就是第一任店主女兒的木乃伊。理據有幾個：

頭髮：不是假髮；

眼睛：雖然知道是假的，但總覺得無論你走到哪裡，她都看到你心裡去。另外，她的眼神就好像帶有情感一樣，非常有靈氣；

手：她的掌紋及手紋，就跟真人一模一樣，幾乎可以看到她的指紋。

此外，有婚紗店店員說，到現在他們都必須每兩周為Pascuala更衣一次，而幾乎每一位員工都想避免跟Pascuala接觸。員工們更指，她們在更衣時除了可以近觀她的手，更可在模型腿部看到曲張的靜脈浮現（varicose veins）。

真屍體難以保存這麼久

不過，有博物館負責處理展品的專家解釋道，從技術層面上，Pascuala沒有可能是一具真實的屍體。的確，歷史上都有先例，可以把屍體防腐一段時間，如1924年的列寧及1976年的毛澤東遺體，但不等於可以維持近90年。加上，

以上兩個例子在防腐後，外觀都變得很像蠟像，而不是像
Pascuala般看上去非常白滑的肌膚。防腐屍體的目的都只
有一個，就是可以減慢屍體腐化速度（注意，是減慢而不
是完全停止腐化），直至下葬一刻。有標本師亦指出，的
確有類似技術，但完成後外觀都不會如Pascuala般美麗。
從事殯儀業的人都作出了相關分析，從認知上的確不可
能，不過亦不得不承認Pascuala的手部紋理真的很詭異（要
記住的是，Pascuala是於1930年開始出現在櫥窗，當時的
蠟像塑造技術沒有現時發達，處理這些紋理上的細節不太
可能）。

除了成為遊客的景點，當地更有女性特地在婚禮前到
Pascuala前面獻花及祈禱，祈求她們往後的婚姻都能像
Pascuala的美貌般永久。對她們來說，Pascuala是不是屍
體演化成的木乃伊好像已經不是重點。

坦白說，我也下不了結論。每次看到她，都有不同的感
覺，遠看頭部的照片覺得是普通模特兒，但當看到手部，
又真的不禁想像她是木乃伊。

根據以上的描述，你又覺得Pascuala是普通的模特兒，還
是木乃伊呢？

是人？是鬼？
洞穴小木乃伊

木乃伊檔案

發現地點：美國

數目：2具

發現過程：在山上的洞穴意外發現

特點：兩人身型細小，研究後相信是嬰兒，但不少當地原住民
部落相信是「小鬼神」

1934年6月，兩名淘金者Cecil Main及Frank Carr在懷俄
明州的聖佩卓山（San Pedro Mountains）設置了炸藥，希
望可以透過炸藥的爆炸力，加速淘金的進度及收穫。炸藥
被設置在山腳到東邊的堤壩。

爆炸聲過後，兩人成功炸出一個人造洞穴。Main爬進這個

細小的洞穴，找到一個大約離地兩呎半的岩石壁架，但無論在壁架上還在洞穴裡，都找不到黃金的痕跡。

卻找到一具奇特的木乃伊。

這具木乃伊非常細小，以坐姿呈現著，大約有六吋高（或是推測站立時約十四吋高）。按照他們所述，木乃伊重量大約為一磅，一度稱木乃伊是一名老人家。消息傳出後，來自世界各地的科學家蜂湧而至，每個人都想找出這具離奇木乃伊的故事及真相。木乃伊因為在聖佩卓山上找到，因而被稱為「佩卓（Pedro）」。

佩卓體形細小，令人聯想起傳說中，美國原住民部落有些名為「小人（little people）」或是「小鬼神（little spirits）」的人種，他們亦會被稱為「Nimeriga」。按照傳說，這些「小鬼神」有著神奇力量或有治療的魔力。有些則記載他們為邪惡的人種，會用毒箭殺害美國原住民。

此外，佩卓的身體特徵也比較特別。科學家對他作了不同的測試及分析。首先，從姿勢看來，佩卓以盤腳姿勢坐著，並被安放在壁架上，而從他身處的洞穴來看，這個環境並不是天然而成。其次，佩卓有著比較獨特的臉部風格，他的眼睛猶如蛙眼，不符合一般人的眼睛與臉部比

例，其顱骨也是幾乎消失不見。佩卓的整體狀況非常好，細微到指甲都仍能清楚看見；他頭部有著像凝膠狀的物質，證明曾經有用液體保存他的屍體。佩卓的鼻子是扁塌的，卻有著異常尖銳的牙齒。而他的皮膚是棕色及皺起，因此看上去像一個年紀較大的人。

生前被殘害的小嬰孩

接下來，科學家透過X光技術，希望可以窺探佩卓身體裡面的情況，去推斷到底他是否真的是傳說中的「小人」。結果顯示佩卓體內的骨頭及結構已經完整發育，而且頭部顱骨平坦的部分發現僅有的腦部組織及已凝結的血液。按照這些特徵來看，佩卓並不是傳說中的矮人（pygmy），除了牙齒部分不吻合之外，看來他是一名患有無腦症（anencephaly）的嬰兒。佩卓有著大鼻子、闊嘴巴、高眉毛這些不屬於一般嬰兒的特徵，因此科學家得出這個推論時，都沒有人相信。透過X光，研究人員更在佩卓身上找到駭人的痕跡──從骸骨看來，佩卓被殘暴地殺害，其脊椎完全被破壞，鎖骨也斷掉，頭顱也受到重力襲擊。

佩卓輾轉下落入一個買賣二手車的銷售人員Ivan Goodman
手中。他為佩卓弄了一個木製的座及玻璃罩，讓整具木乃
伊就如蛋糕般陳列著。1950年，Goodman將佩卓交給紐約
一名醫生，希望可以再次鑑定其身分 —— 佩卓真的是傳說
中的「小鬼神」，而不是一個普通的夭折嬰兒。但Goodman
不久後死亡，醫生則連同佩卓從此消失。1994年，有關「小
鬼神」及佩卓的故事被拍成紀錄片，並在電視播出，其後負
責研究的人類學家收到一個來自美國夏安族人的電話，稱
他們也曾在山上找到類似的木乃伊。

這些夏安族人形容，木乃伊的大小比佩卓小一點，臉部及頭部都有著同樣特徵，只是這具小木乃伊是一個小女孩，並留著金髮。人類學家請族人把木乃伊帶到醫院，研究人員小心地將小女孩的大腿取下，並抽取DNA。結果顯示，這個也是坐著、僅四吋高的木乃伊也是人類，而非傳說的「小鬼神」。從她的長骨（long bones）末端的生長板看來，她還沒有完成發育，按此推斷，也是一個嬰兒。另外，團隊更透過碳測年（carbon dating）推斷她只有300多年歷史，與原本民眾所訛傳的上千年相差甚遠。

考古文獻上，至今只有三具嬰兒屍體找到無腦症的痕跡：兩具在美國，一具在埃及。無腦症是一個罕見的病症，成因可以是受基因或飲食影響。按照記載，愛爾蘭爆發薯仔飢荒時也有發生。從這次研究中，科學家都認為這兩具小木乃伊都不是當地人所說的「小鬼神」，但也不代表就能就此否定這個人種的存在。

CHAPTER SEVEN

木乃伊給我們上的一課

圖坦卡門
的罕病雙生女兒

木乃伊檔案

發現地點：埃及

數目：2具

發現過程：圖坦卡門的雙胞胎女兒的木乃伊

特點：屍體透露了她們患上馬凡氏綜合症，幫助了解圖坦卡門家族的病史

古埃及木乃伊，從小到大都令我異常著迷。有人笑說，可能這是我前世（或前前世）的殘餘記憶。如果是真的話，那也不錯，希望我是來自十八王朝末期圖坦卡門時期，那我就可以知道到底他的膝下有沒有兒女，以揭開他墓室裡兩具嬰兒屍體的謎團。

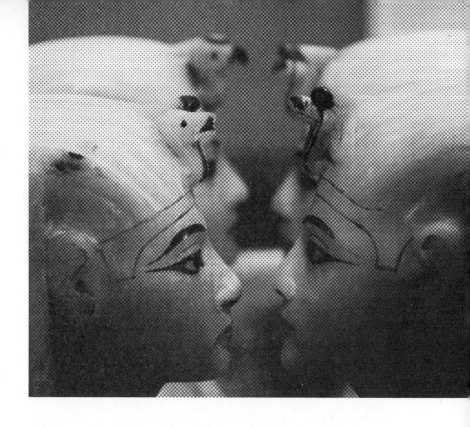

按照歷史，圖坦卡門死後沒有留下任何兒女，不過卻有記載指皇后Ankhesenamun曾經誕下兩名雙胞胎女兒，可是一個出生不久就夭折，另一個則於懷胎五個月的時候胎死腹中。這兩個胎兒，亦是古埃及最年輕及唯一的胎兒木乃伊。

古埃及學家近年利用CT三維影像掃描技術，連同專科醫生為圖坦卡門墓裡的嬰兒掃描，試圖了解為何嬰兒會在這個墓室，亦想從她們身上了解到圖坦卡門的身世及死因。當專家為成功出生的嬰兒做掃描後，發現了她有馬凡氏綜合症（Marfan Syndrome）的病徵。

近親通婚 誘發罕病

馬凡氏綜合症是一種遺傳病，由法國醫生 Dr. Marfan 於1896年發現，因此以他命名。患者的身體結締組織（Connective Tissue）先天比其他人脆弱，患者特徵為四肢、手指、腳趾細長，腳長得非常不合比例，而身高明顯比常人高很多。若墓室裡的嬰兒有上述手腳比例不正常的特徵，那麼是否代表他的爸爸圖坦卡門也有類似疾病？研究人員陸續於圖坦卡門及胎兒身上抽取 DNA 樣本進行遺傳病化驗測試，結果顯示胎兒的確有馬凡氏綜合症，但父親卻沒有。

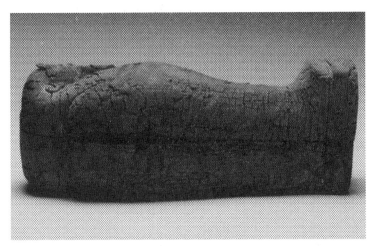

古埃及皇室有個傳統，就是近親通婚，圖坦卡門的妻子為他妹妹。若把圖坦卡門那一代也計算在內的話，已經是三代近親通婚了！加上一直有學者及研究認為圖坦卡門的爸爸，即阿蒙霍特普四世（或稱阿肯那頓 Akhenaten）是馬凡氏綜合症的患者，因此隔代遺傳到嬰兒身上也算合理。

如果有看《盜墓迷城》電影，飾演邪惡之神賽（Set）的演員 Javier Botet 也是馬凡氏綜合症患者。雖然聽上去好像沒有特別影響生活，但其實這個病症同時會影響其他器官，包括眼、肺，甚至神經系統，因此患者需要不停進出醫院接受相關手術。

因為意外加上本身身體原有的疾病、傷勢及抵抗力薄弱，圖坦卡門最終突然離世，死於花樣年華。前文提到，他的死對所有古埃及學家來說一直是個謎，直到近年利用不同技術才把這個謎團逐層拆解。圖坦卡門的雙胞胎女兒雖然沒有成功長大，更沒有繼承父親的豐功偉業，其短暫的生命，卻幫忙解答了他們父親的死及生前的病歷。這兩位古埃及最小的木乃伊對古埃及歷史、文化及考古各層面都有重要的意義。

最後，大家如有時間，可以關注一下香港的馬凡氏綜合症患者。詳見香港馬凡氏綜合症協會網站。

身世不明的
絲綢之路睡美人

木乃伊檔案

發現地點：新疆塔克拉瑪干沙漠

數目：200多具

發現過程：在沙漠中被發掘出來，包括「絲綢之路睡美人」

特點：屍體保存狀況良好，但他們生前來自哪裡、目的地是哪裡都不明

位於新疆西邊的塔克拉瑪干沙漠（Taklamakan Desert）很久很久以前是個繁華城市，有大量民居及寺廟。今天，這個地方已被黃沙掩蓋了一切，亦變成傳說中的「死亡地帶」，據說任何人只要踏入沙漠範圍，都不能活著離開——至少這是200個人的最終下場，當中包括已成木乃伊的「絲綢之路睡美人（The Sleeping Beauty of Loulan）」。

這200具木乃伊，身分是一個謎。當中的睡美人於1980年被發掘，連同其他木乃伊都是埋葬於相當淺的墓穴內。他們的屍體沒有經過特別防腐處理，但保存下來的木乃伊狀況，據說比古埃及的還要完整（從照片看來也是！）。

這位「樓蘭美女」死時約40多歲，穿著紅袍，頭髮綁著辮子，對於300多年前來說，可能是非常時髦的打扮。從保存得特別好的木乃伊狀況看來，她有過很艱苦的一生，不知道她當時要經過絲綢之路的最終目的地是哪裡，但最後卻因吸入毒性高的沙、塵及煙混合物而喪命於此。

從哪裡來？往哪裡去？

除了木乃伊保存狀況令人驚奇外，他們有些臉部輪廓亦令考古學家大惑不解。睡美人有著歐洲人種的分明輪廓，包括高高的鼻樑及顴骨，亦有一頭金髮和相當的身高。這些長相特徵亦於跟她葬在一起的六尺高、紅頭髮男人（Cherchen Man）的身上看得出來。肯定的是，從時間上判斷，從沒有歐洲人走到這麼遠。透過這名男子的DNA化驗結果，最終說明他是塞爾特人（Celt，已經沒落的中歐文化族群，據說今天的蘇格蘭及愛爾蘭亦曾經受塞爾特文化

影響）。除了他們兩位，同葬的還有兩名女性及一名嬰兒。
雖然他們的目的地及起點都不明確，亦有學者推測他們來
自西伯利亞，但他們的出現都證明了一件事：古時的絲綢
之路新疆段，文化交匯非常多元！這也證實了部分歐亞文
化相同，或背後價值觀大同小異的原因。

於1993年，一名美國教授從這些木乃伊身上取得樣本作詳
細DNA研究，得出的結論是這些木乃伊絕對來自歐洲背
景，甚至由於嬰兒雙眼用藍色的石頭蓋著，推斷他們是一
群藍眼睛的遊人。

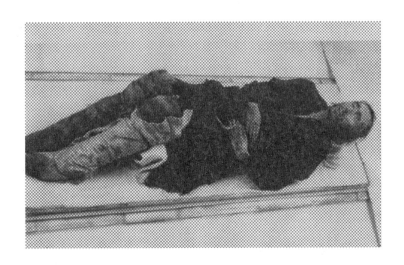

到最後，我們還是沒有辦法準確知道他們來自哪裡，而他們曾經的目的地又是哪裡。不過，他們的確令我們可以好好思考一下，為何新疆部分人口都有著非常分明的輪廓，長得像外國人。雖然新疆今天的政治環境動盪，很不明朗，但他們的祖先跟樓蘭的祖先有甚麼關聯呢？這個問題實在非常值得從文化研究及歷史方面深入研究。

「意外」木乃伊
意外保存病理史

木乃伊檔案

發現地點：匈牙利

數目：265具

發現過程：因維修工程，被發現於一間被遺忘的教堂墓室內

特點：掀露了歐洲的病理史

距離匈牙利首都布達佩斯35公里的城市瓦茨（Vác），一系列的木乃伊因為1994至95年例行維修工程，被發現於一間被遺忘的教堂墓室內。後來經過查證後，這個墓室已經被封起來超過200年。而墓室內的棺木都是一個疊著一個，順著棺木的大小而擺放。這系列的木乃伊可算是個對現今醫學、當時匈牙利歷史及文化等方面的一個「美麗意外」。實際上，這265位先人是從來無被人製成木乃伊的打算。

這265具木乃伊來自於十七、十八世紀的匈牙利,因為墓室極度乾燥,經常保持均衡濕度及氣壓,因此屍體沒有腐化,反而自動木乃伊化。棺木底部是用木屑鋪成,能有效將屍體流出來的液體吸收。由於本來是純粹殮葬用途,因此每一位的死因、死亡日期及名字都記錄得非常清楚,他們都屬於當時比較富有的天主教教徒。這265具木乃伊「珍藏」雖然是一個意外,但卻令當代的我們能夠從以下幾個方面認識以前的病理史。

肺結核:

從265具木乃伊中抽取的26份測試樣本中,當中8份可以令研究人員作進一步與基因有關的測試。於十八世紀的歐洲,肺結核為致命疾病,很多人以為是都市化及人口稠密所引致,其實早在這兩個概念出現之前,肺結核已經是殺手(每七個患者當中有一人會死亡),透過「基因圖譜」,這種細菌的祖先甚至可追溯到遠至古羅馬時期,證明不是一種近代才出現的疾病。

大腸直腸癌：

APC（Adenomatous polyposis coli）基因異變經常與大腸直腸癌掛鉤。有關兩者的關係，在現代醫學研究比較多，卻沒有從古代的骸骨上研究過。2017年有匈牙利學者於這265具木乃伊中，找到這種基因排列的兩具進行研究，證明這種有利癌症的組合早已出現在工業時代之前。當然，單憑這次的研究是不足以下這麼強的一個結論。因此，研究人員強烈建議其他地區利用不同時期的古代DNA 進行測試。這種研究能夠展示癌症的進程、變化及其病理，令我們能更進一步根治它。

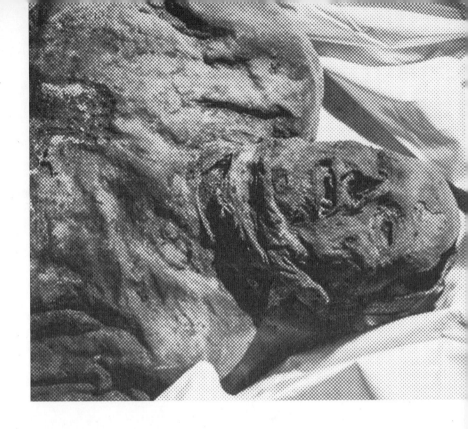

剖腹產子：

引用駐匈牙利自然歷史博物館人類學家Ildikó Szikossy
說法是：「能順利度過生產過程的媽媽都沒有可能能捱得
到 剖 腹 的 痛 ("Indeed, alive patients could have not
survived the operation at that time")」。而 Szikossy
及團隊在265具木乃伊當中的一具身上，於她的臍環到恥骨
聯合（pubic synthesis）位置找到一道5.7吋（約14.5厘米）
長、用利器造成的切痕痕跡。最初的剖腹產被認為是用於
十八世紀，但這次發現為更早的鐵證。

這265個美麗的意外，協助我們當代人了解以前的殯葬文化，以及他們當時的醫學和生活水平，同時，我們亦可利用當代的科技把他們的故事流傳。

過去十年左右，研究人員可以應用CT Scan及其三維影像到木乃伊研究，這種毫無入侵性的做法令我們了解更多關於他們的事，同時能保留對他們的遺體的尊重。雖然如此，這種利用CT的偵探功夫，也不是理想中這麼直接，始終無論如何，死亡都會適度地改變屍體。不過就算如此也沒關係，就先讓木乃伊繼續保持沉默。有一天，當我們的技術再成熟，或許可以交流更多。

7.4

小孩木乃伊
「活生生」見證天花

木乃伊檔案

發現地點：立陶宛

數目：23具

發現過程：屍體因地下基室的極端環境而被木乃伊化

特點：屍體透露了那個年代的流行病狀況，特別是天花病的爆發

如有機會歐遊，很多人都會想去波羅的海旅行，感受介乎東歐及北歐之間的另類歐洲風情，波羅的海三小國愛沙尼亞、拉脫維亞及立陶宛的風景真美得如畫。不過，既然出自我手筆，當然不會是旅行遊記！

前文提及匈牙利的200多具木乃伊因為環境因素而意外地變成了木乃伊，並向我們展示了他們當時的病理史及生死觀。同樣地，這次立陶宛維爾紐斯（Vilinius）的23具屍體亦因為地下墓室的極端環境被木乃伊化，並向研究人員訴說他們那個年代的流行病狀況，特別是天花病（Smallpox）的爆發。

這23具木乃伊本來是百多具被埋葬的屍體的一小部分。由於地下墓園經常恆溫及空氣非常流通，有部分從下葬到木乃伊化中間只相隔很短時間，下葬時的衣物、皮膚及內臟全都還在。23具木乃伊當中，有一具約莫兩歲到四歲的小孩，死於正值天花「當紅」時期的十七世紀。

或推翻天花病史

2016年，一班加拿大研究人員發表了一份有關立陶宛小孩木乃伊體內發現的天花基因的研究。天花作為歷史上其中一種殺人不眨眼的疾病，相傳是來自古埃及，但這個發現有機會推翻整個天花爆發的歷史。既有的歷史研究都指天花病毒應該出現了上數千年，因此，研究人員特別把於小孩木乃伊上找到的天花病毒基因，與今天現存的40至70年

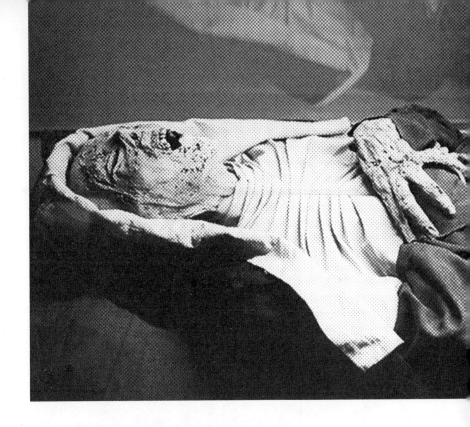

代天花病毒樣本比較，發現這些天花病毒樣本的共同祖先於1588到1645年才出現。這證明了我們一直依賴的歷史紀錄，可能只是事實的冰山一角。

Piombini-Mascali教授其實早於2012年開始研究這個項目，了解於十七世紀甚至到十九世紀當地人的生活模式及習慣，以及他們的健康和常見疾病。研究人員發現原來這些埋於地下墓園的木乃伊，都屬於當時社會中上階級。但這種病卻不會選擇特定社群來攻擊，因此當時的患者遍及不同社會階級，其中以抵抗力較低的小孩居多。

木乃伊不容易
——那些木乃伊生前死後的奇情怪事

於1980年，在天花奪取了數以千萬計的人命後，世衛宣佈天花病毒已正式被撲滅。研究報告的另一位作者、來自悉尼大學的Edward Holmes指出雖然如此，到現在依然不能確實肯定這種病毒是自甚麼時候開始出現於人類身上，亦不知道來自甚麼動物，因為沒有任何歷史標本跟現在的病毒標本可作比較。

最後一宗有記錄在案的天花案例是於1977年。一直到現在，人類學家甚至各科學家都不停運用新科技，去重組或探討他們病毒的DNA排列及利用CT影像掃描屍體或木

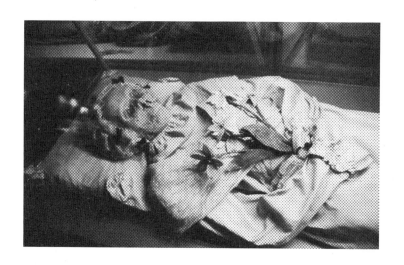

乃伊，嘗試理解到底以前的文明及生活是怎樣的。雖然世界上不同地方的木乃伊研究，已經證實人類曾患有很多不同類型的疾病，不過這都是小部分，而我們都必須繼續研究，因為可以為我們未來健康及醫學作為參考及借鏡。

從「納斯卡男孩」
體現愛

木乃伊檔案

發現地點：秘魯

數目：1具

發現過程：當地習俗

特點：納斯卡男孩的木乃伊狀態，顯示他生前是一名殘疾人士，並被照顧得很好

秘魯大部分的木乃伊都是用布包裹著，呈現抱膝的坐姿。但當地卻有一個別名為「The Nasca Boy（納斯卡男孩）」的木乃伊，以生前的姿勢呈現：他坐在猶如輪椅的凳子上，雙腳簡單地垂放在凳子前面。這種安放亡者的方式及姿勢，是考古學家首次發現，他們推測這個「納斯卡男孩」是一名殘疾人士，需要特別照顧，但他的骸骨顯示他在生

時有足夠營養，對於當時營養供應並不穩定的社會來說，相當罕有。

生前被良好照顧

利用現今科技，我們可以多了解到納斯卡男孩的一生。可惜的是，考古學家沒有任何方法取得他的骸骨，研究人員只能利用1973年對他所做的研究資料。按照記載，這名男孩死於公元前700年，死因為當時肆虐的肺結核，也因此成為南美洲在西班牙入侵殖民前就有此類病症的證據。考古學家在男孩的脊椎上，找到稱為脊椎結核彎曲（Pott's Disease）的症狀 —— 結核細菌進入體內後，會透過血液擴散到脊椎，而男孩就在脊椎較下方的部分，出現了一個直徑五厘米、被細菌侵蝕的膿腫之處。研究團隊推斷男孩在感染後一段時間，才失去下肢活動能力。雖然已經沒有辦法獲取男孩的木乃伊做胃部殘餘物分析，嘗試窺探一下當時有否用藥，或用甚麼類型的藥物作治療，但因為男孩的關係，也讓我們理解到他的家人及村民對長期病患者的同理心。

我們經常將木乃伊與古埃及連在一起，但本書要顯示的，就是木乃伊並非古埃及的專利。而且世界各地製作木乃伊的過程及目的，都有所不同。

自西班牙文化抵達南美之後，他們發現南美的西面可能是地球上最自然的木乃伊製作實驗室。沙漠氣候從秘魯一直延伸到北邊的智利，而早在7000年前，新克羅文化就有製作木乃伊的習慣，比我們一般認知的古埃及木乃伊製作文化還要早2000年。這種利用天然氣候來製作的木乃伊，有著保存亡者生前權力的意思，人造木乃伊則有另一用途。考古學家按研究及文獻指出，這些被製作成木乃伊的亡者為陽界及亡者世界的使者，協助在世的人及族群與另一個世界溝通，確保他們有足夠資源，並令他們生活豐饒。

隨著印加文明在秘魯慢慢擴展版圖，安地斯山脈的高原居民開始將他們的祖先放在洞穴內，或是人工建成的殯葬塔（chullpas），最高約12米。一般來說，這些殮葬塔的功用有如我們現在的棺材，裡面會放著呈胎兒姿勢的屍體，加上衣物和器具等陪葬品。這些塔的開口都是朝向太陽升起的東方。這些亡者有時候從此長眠於塔內，有時只是他們的暫時棲身之地 —— 家屬有時會把亡者的屍骸從中取出，與他們共舞。這些行為，證明亡者並沒有因為離世而從此消失於家人的生活中，只是以別的方式活著。

這種重視亡者的行徑，在納斯卡男孩的陪葬物都看得出。在已有1300年歷史的納斯卡男孩木乃伊身上，看不到因為長期坐著或躺臥而引發的膿瘡，從而推測到他生前都被好好地照顧。相信除了飲食外，男孩的個人衛生也被打理得很好，甚至有人替他按摩，確保他的循環系統正常運作。另外，跟隨著他下葬的那張凳子，亦間接說明他的家人體諒男孩的情況，接受他的身體變化，繼而願意為他額外付出，令他的生活得以改善。

就算到了現代，照顧長期病患者都不是一件容易的事，病患及家屬本身都有著沉重的壓力及負擔。我們過去幾十年對病理的理解無疑是增加了，但不一定令我們更容易明白、掌握處理及照顧病患的做法，可想而知，1000多年前的社會就更難以理解、想像及接受。但納斯卡男孩向我們提供了強烈的反證，憑著家人和村民的力量，他們以自己的資源去改善病患的生活。更重要的是體現了對孩子的疼愛，無論在今天還是在1000多年前的南美洲，都是無條件及永遠的。

FBI 查探
神秘木乃伊頭之謎

木乃伊檔案

發現地點：埃及

數目：1具

發現過程：在墳場遺址的隱蔽秘墓出土

特點：因為基室被盜墓者洗劫，一具沒有頭、沒有四肢的木乃伊軀幹被丟到基室角落，經FBI參與研究後，破解其身世之謎

1915年，一班美國考古學家在古埃及墳場的遺址，找到一個隱蔽的秘墓，並隨即進入探索。當走到一個充滿石灰岩（limestone）的墓室裡，迎著他們而來的是從沒有想過的景象：一具棺材放著一個被包裹著的木乃伊頭。

這個墓室被編為「10A墓室」，根據資料顯示，這是古埃及一位名叫Djehutynakht的政府官員及其妻子的最後安息地。在他們死後以至是次發現之前的4000年內，曾經有盜墓者洗劫墓室，盜取所有黃金及陪葬鑽飾。在得償所願後，盜墓者將一具沒有頭、沒有四肢的木乃伊軀幹，隨意丟到墓室的角落，並放火希望消滅他們來過的痕跡。

雖然一般以毀滅證據來說，火會相反地保留大部分證據，或將證據轉化成其他物質，以另一方式留下線索，但對文物的禍害依然是嚴重的。考古學家嘗試在墓室找回棺木及木俑，並在1921年送到波士頓的 Museum of Fine Arts 保存，直到2009年的相關展覽時才正式面世。

木乃伊頭　究竟誰屬？

這具木乃伊的軀幹依然留在埃及，但被切割下來的木乃伊頭就成為該次展覽的重點。臉上畫上的眉毛依然清晰可見，有點微鬈的頭髮從頭巾／裹屍布中隱約看到，面部表情亦有跡可尋。當參觀者面對面看到這個被切割下來的木乃伊人頭，了解裹屍布下的木乃伊樣貌，好奇心都得到滿足。但這顆人頭的重點除了是滿足好奇心外，真正需要考究的是：「到底屬於誰的？」

展覽的負責人表示，這顆頭在10A墓室主人的棺材上找到，但一直沒有辦法確認到底是屬於該官員，還是他太太的，唯一可以指望的就是DNA測試。可是以2009年的科技來說，要從一具4000年的木乃伊裡，成功抽取DNA並不是一件可行的事。

其中一個困難之處，是沙漠的氣溫及氣候加速DNA分解。之前有關抽取古代DNA的實驗或測試都失敗，或是受到現代的DNA所污染。為了破解謎團，博物館遂向聯邦調查局（FBI）求助。

FBI有的是先進的抽取DNA技術，卻沒有試過從這麼古老的標本上抽取。但雙方都深信，只要能夠借助法證技術到考古學，去了解古埃及的過去，將是一個科技躍進的里程碑。

FBI的法證科學家，最後決定從木乃伊頭部的牙齒入手。牙齒在琺瑯質沒有受破壞，以及死者沒有在生前患上任何牙齒疾病或受過傷的前提下，從中所抽取的DNA是保存得最好的。樣本輾轉送到哈佛大學及FBI的實驗室作不同測試，最後得出的結果是DNA樣本為男性，也就是說，這個木乃伊頭顱屬於墓室主人Djehutynakht。

知道結果的當下，除了要更改展覽的名牌之外，最重要的是對這件展品的身世之謎「呼了一口氣」。從此，這不再是一個物件，而是曾經存在的一個人。

古埃及已有先進手術

拔牙抽取DNA的時候，研究人員在木乃伊的口中亦發現一項「先進」醫療手術的痕跡，而這項手術在古埃及的作用，跟我們現在的截然不同。

2005年準備展覽時，工作人員借助了當地醫院的電腦掃瞄系統（CT Scan），嘗試了解包裹頭部紗布背後的情況。一照之下發現，這個被切割下來的頭部少了臉頰骨及部分顎骨，而這些缺乏的部分，都可用作推斷骨頭性別的特徵。

這個CT展示了一個重要發現：所有任何有關咀嚼及可以協助嘴巴合上的肌肉都不見了，所有這些肌肉連結的結合點都被去除。研究人員的下一個問題是：為甚麼要這樣做呢？

兩位醫生 Dr. Paul Chapman 及 Dr. Gupta 提出大膽假設，認為這是古代埃及製作木乃伊的其中一個「開口儀式」，希望逝者在後世，仍然可以飲食及呼吸。

Dr. Gupta 指出這是一個非常困難及複雜的手術，尤其當屍體已經呈現屍僵（rigor mortis）狀態後。這個手術必須移除部分下顎，但是這個骨頭的下刀準確程度令人詫異。想不到這個複雜的下顎冠狀突切除手術（coronoidectomy），竟然出現在4000年前的古埃及！

這一連串發現，令醫生們懷疑古埃及人可以利用原始工具進行複雜的手術。兩位醫生連同另一位口腔手術專家，在兩具屍體上用古埃及版的手術工具 —— 鑿（chisel）和槌

（mallet）嘗試重演此項手術。他們將鑿放到智慧齒的位置後面，成功將與木乃伊相同的一塊下顎冠狀突切除。

這個發現令人振奮及不得不佩服！古埃及人這項手術縱使有著不同用處及目的，但技術卻是無庸置疑地高。這位來自古埃及的政府官員，為我們揭示了前人的智慧，我們同時亦能透過它的木棺，感受到當時的藝術造詣。這種富有深厚層次的文化，便是吸引我了解它們更多的原因。

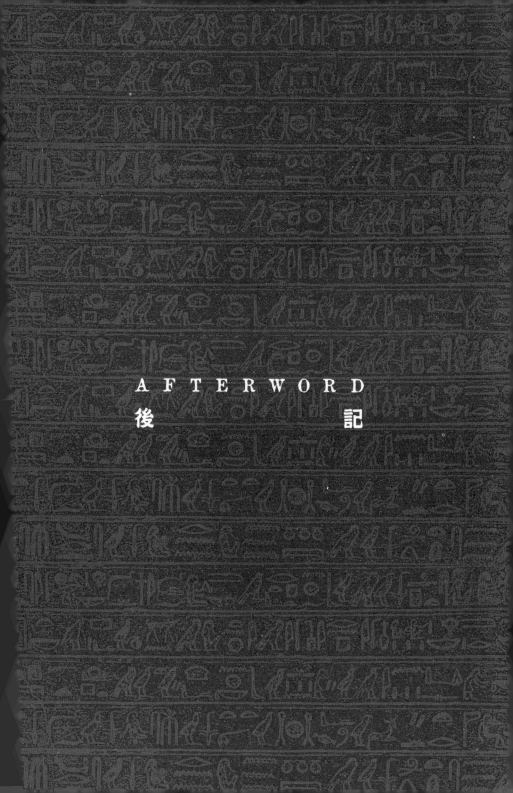

AFTERWORD
後　　　　　記

鬆綁木乃伊？
科學與文化、尊重之間的爭持

維多利亞時期，當時的法國貴族 Abbot Ferdinand de Gramb 曾說：「一個人如果從埃及回來，手上卻沒有帶回木乃伊，又沒有鱷魚標本，基本上這個人就不值得尊重（"it would be hardly respectable, on one's return from Egypt, to present oneself without a mummy in one hand and a crocodile in the other."）」

Londesborough 於是遵從這句當時上流社會的「格言」，從埃及回到歐洲後，立刻請家中的幫傭處理從埃及帶回來的紀念品，並著手安排「打開木乃伊派對（Mummy unwrapping parties）」，廣發請柬：

Lord Londesborough 爵士在其官邸舉辦：
來自底比斯的木乃伊將於
下午兩點半準時打開！

Lord Londesborough at Home: A mummy from Thebes to be
unrolled at half-past Two.)

這類社交場合在十九世紀並不罕見，賓客或是受邀的人都本著好奇心來觀看。維多利亞時期對埃及的歷史及文化有著熱烈的迷戀，這時代的人都能夠坦然面對「死亡」——為死後的屍體拍攝照片、由女士主動在家中為死者洗身及準備喪禮，甚至「開先河」，用亡者的頭髮造首飾。這是一個生者懂得利用死亡，與亡者互相溝通的一個年代，因此，木乃伊對他們來說並不恐怖或噁心。

事實上，自莎士比亞的年代，木乃伊在歐洲就已經有著藥用價值。歷史學家 Richard Sugg 在十八世紀後期時指出，人體有著極高的治療價值，最常成為藥引的通常是肉、骨、血，甚至頭顱骨。而對埃及的濃厚興趣則可以追溯到拿破崙遠征到埃及後，這個現象稱為「Egytomania」。因為大眾對埃及文化瘋狂地著迷，故木乃伊被視為「必買手信」，為了滿足遊客需求，埃及當局更在偏遠地區挖掘木乃

伊。當然要在古埃及找到木乃伊並非難事，這是由於古埃及雖然最先只為貴族及皇室成員製作木乃伊，但後來幾乎演變成發達的工業，而製作木乃伊已有著2000年的歷史，所以蘊藏量被認為有非常多。當然這個行為，在今天的學界及社會上被視為不道德。

說回這個於1850年6月10日舉行的木乃伊鬆綁派對。賓客到來後，會被送上雪利酒或杜松子酒，爵士選擇這兩種酒，是為了配合派對的重頭戲。爵士迎賓後，娓娓道出鬆綁木乃伊的理由：為了科學研究。（這個時代的科學研究與現今的定義有所不同。其後，有娛樂家卻將這些木乃伊派對變成賺錢工具，應約在公眾或私人聚會上拆開木乃伊，並附上講堂。）

打開木乃伊後，其中一樣最先令人注意到的是氣味。木乃伊打開後，可能帶有在防腐過程中所用到物料留下的痕跡。透過這些痕跡，可以找到有關木乃伊生前的社會地位。在鬆開繃帶後，更有機會看到放在木乃伊身上的飾物、發現木乃伊的體型特徵，甚至可能顯示出其真正性別等（單憑棺木判斷可能會錯誤）。某些時候，主持更會主動以工具打開木乃伊頭顱，希望看看其腦部是否如文獻記載般已經透過鼻孔勾出。鬆開木乃伊繃帶的這些「主持人」，

並沒有相關處理木乃伊的經驗，因此在過程有機會無意地破壞木乃伊本身，甚至其他有關他們一生的資訊。一般這種派對的參加著，會獲得一小塊繃帶作為紀念品，有時候，私人收藏家更能買得到木乃伊的不同身體部分。

那麼，在這些派對解開了的木乃伊會怎樣處理？最為人知並且直接的是，派對主人會把木乃伊當為廢物丟棄，有的則會成為收藏家家中的裝飾品，另一個比較多聽到的用途，就是將木乃伊打磨成顏料，製作成「Mummy brown」（請看後面的box），或是作為肥料。後來這些木乃伊鬆綁派對慢慢式微，只會將木乃伊收藏在博物館內展出。可惜的是，那些被丟棄的已被遺忘，甚至他們的存在及故事，都成為了人類歷史上的影子。

對木乃伊不尊重，並不只是發生在古埃及木乃伊身上。除了把木乃伊磨成粉外，有些更會被用作獵奇展覽的搖錢樹，例如前文說過的 Speedy 木乃伊，或是為吸引群眾注意而「改裝」木乃伊成為三指木乃伊等。

為甚麼我們要尊重木乃伊？透過木乃伊，我們可以了解到與前人生活的相同相異，甚至是病理變化，協助防範病毒異變於未然。而隨著更多木乃伊出土，這些因我們居住環

境而默默承受著不公平對待的遺體，終於可以回歸大自然的懷抱，亦有因為天然環境美麗造成的意外，以及因為科技發達讓我們逐一破解木乃伊上的密碼。最後，透過這些遍佈在全世界不同州份、不同國家甚至文化的故事，連同古埃及甚至秘魯的前西班牙文明，木乃伊們都向我們展示著同一個人性 —— 就算有這一連串的文化、時代及宗教差異，我們都是一樣，一樣是人。

今天的科技已經讓我們可以透過CT掃描，以360度立體呈現繃帶下的木乃伊狀態，即使不拆開也可以研究，可以說故事。不過，我們並不應該只關心繃帶下到底有甚麼，而是他們到底過了一個怎麼樣的人生，到底是誰。這也是當代每一個木乃伊展覽，甚至任何關於人體遺骸的展覽必須呈現的態度。然而，即使有這樣的技術，當中對木乃伊研究很重要的一個問題是：到底我們應不應該以任何方式打擾木乃伊們？這些屍體明明本身經過一連串特別設計的步驟，希望永遠不被看見，卻在幾千年後的今天，被我們以不同方式去窺看。到底這些科學研究是否正確？

每個現代展覽，都會以多媒體、文獻、各種燈光，甚至聲效幫助參觀者回到從前，我亦不太反對此作法。始終，我們要想像的是幾千年前的事，這很不容易。但必須知道過

分戲劇化的表達，可能會提供了錯誤資訊。需要記得的是，整個參觀過程我們都是與死者作伴，無論他是於石棺內或外。同時，參觀者也不應只注重美麗的石棺、閃閃發光的陪葬品，而是棺內躺著的那個人，以及他或她（甚至是牠及它）要你聽的故事。

還記得2017年從英國大英博物館借來的香港木乃伊展嗎？英國學者Zoe Pilger在參觀過這個展覽的英國版本後，寫道雖然這些木乃伊在受到適當尊重的情況下作為科學研究用途，但與其厭惡，我們必須看透當中我們與木乃伊所共享的人性。透過製作木乃伊的過程，他們日常生活中的細節，無論是戴過的假髮及喝過的啤酒，都被照顧及處理得很好，不過卻總是覺得他們不應該出現在展覽上（"Instead of revulsion, we are encouraged to feel a sense of shared humanity; they are dignified through the small detail of daily life- from the wigs they wore to the beer they drank. However, there is still a feeling that they do not belong to us and should not be here"），不禁納悶到底我們應該怎辦？

其實答案很簡單，我們不要以觀看展品角度去看，反之，要把這看待成一次認識不同時代朋友的機會。的確，眼前

木乃伊不容易
——那些木乃伊生前死後的奇情怪事

木乃伊曾經是一個人，雖然他們不能為自己辯護或做些甚麼。當你從人性化角度去嘗試理解木乃伊的故事，你的感受及體驗會很不一樣。如果恰巧木乃伊有名字，可以嘗試以名字稱呼他或她，而不是按照奇特的外觀或造型「改花名」。無論你有否宗教信仰，你也甚至可以為他們祈禱、靜默片刻。

切記，一具木乃伊都是由一個人的心跳、呼吸停止開始。只要從這個角度出發，就不會抹去木乃伊的人性。取而代之，我們是讀了有關這個人死前及死後的一些傳奇故事，以被尊重的方式紀錄其故事及一生。

木乃伊製顏料？

幾年前，外國有畫家及公司提供以死者骨灰製作的繪畫顏料，以此繪畫亡者（即骨灰主人）的畫像。這個做法，對我個人來說極有意義。有關這個處理骨灰的做法，我們可以之後再討論，這篇討論的焦點是以骨灰作為顏料的做法。事實上，這個做法在歷史上並不是沒有見過，早在十九世紀就已經有一群藝術家以人體及動物遺骸為顏料，而他們的原材料，正正是我們覺得異常神秘的古埃及木乃伊。

1904年，倫敦公司C. Roberson於《每日郵報（*Daily Mail*）》上刊登一則招木乃伊的廣告，並寫清楚所收集的木乃伊，將會用作製造一種名為「mummy brown」的顏料。Mummy brown，或稱為caput mortuum（此為中世紀的拉丁文，英文直譯為「dead head」），是一種非常獨特的啡色，而所需材料為沒藥、瀝青（pitch）及磨碎的木乃伊——可以是人類或貓的木乃伊。雖然顏色獨特，但有一個很大的弊病：它會裂開。據說，這是因為顏料主要原材料木乃伊帶有阿摩利亞（ammonia）及脂肪，繼而影響了顏料的性能。而到現時為止，到底有多少木乃伊換了個形態呈現在藝術品上，依然沒有確實數字。

Mummy brown的出現，某程度源自歐洲旅客跟隨拿破崙於十八世紀入侵埃及的步伐，把部分木乃伊帶到歐洲大陸作為醫學用途。旅客通常把木乃伊帶回家，並在客廳舉辦拆木乃伊派對。雖然後來被禁止，但依然有大量木乃伊由船運到歐洲，作為引擎燃料、肥料及藝術用具。大約在二十世紀初期，木乃伊的供應數字減低，因此才會出現文初提及的那則廣告。

至於是否所有藝術家都知道Mummy brown真的用木乃伊製成？不是！據說在1860年代，有兩名前拉斐爾派（Pre-

Raphaelite Brotherhood）的藝術家在知道他們門派最愛用的顏料真的用木乃伊製成後，他們立刻把手中的顏料及所有 Mummy brown 埋在土裡。

雖然 Mummy brown 的出現依然是個謎，但卻一直從十九世紀沿用到二十世紀初。最後的 Mummy brown 使用紀錄，甚至能追溯至 1930 年代。雖然到今天依然有一種顏料甚至顏色叫做「Mummy」，但裡面已經沒有木乃伊這種原材料了（我希望沒有！）。

鳴謝

我對於木乃伊，特別是古埃及木乃伊的熱愛，已經是咸豐年代的事。一直以來都只是以自身興趣為主，反正到任何一個地方工作、旅遊，如果得知當地有木乃伊展都必定會前往參觀。很慶幸，這份熱愛一直以來都沒有被磨滅，而這份熱愛現在竟然幻化成一本書！因此，說到先要感謝的必定是出版社！

很感謝出版社的Raina及Yannes，從《立場新聞》找到了我！我在《立場新聞》開初寫世界木乃伊系列時，心中曾經OS過：「如果之後有一天可以把這些木乃伊的故事都記錄好，出版成書，你說多好呢？」誰料現在真的成真！我要衷心感謝出版社對我的支持，以及在出版處理上提供的彈性，免卻了我對過程的擔心。兩位編輯都需要忍受我有時候行文不通順，消耗她們的精神及耐性，哈哈！

說實話，研究木乃伊並不是我的專長。我只是因為對於屍體腐化的程序及如何令到屍體不腐化當中的情況比較熟悉。對於世界各地木乃伊的種類及做法，我幾乎也算是邊學邊寫。因此，我絕對感謝《立場新聞》到現在都有追讀我文章的讀者，以及各位幫助過我的編輯及員工！謝謝你們接受我這個系列，讓我可以自私地研究自己的興趣。

感謝我父母Francis及Helena，還有我弟Marco他們大量的支持，讓我感到很窩心。也感謝我最愛最愛的朋友群，他們絕對是強大的支援後盾！

還要謝謝每一位在讀過《立場新聞》專欄的木乃伊文章後，透過網路找到我（感謝Facebook大神！）及向我表示他們其實也熱愛古埃及文化及喜歡閱讀有關木乃伊資訊的性情中人。你們表達的興趣及熱情，都令我更努力去搜索更多有關木乃伊的資料及故事。

最後的最後，就是感謝連這冗長鳴謝名單都讀完的你。我真的希望可以跟每一位讀過這本書的你碰面交流，無論你是從《立場新聞》就認識我，還是從之前的訪問得知我的存在，都謝謝你！

REFERENCES
参考資料及延伸閱讀

參考資料及延伸閱讀

木乃伊的故事記載於不同的渠道，可以是學術文獻，也可以是當時的報章，甚至是博物館的館藏冊等。我已經盡力就我所道出的木乃伊故事提供一個概括的介紹、文獻參考、報道等。當然，這都是各個前輩及學者花心血研究的冰山一角，我亦沒有打算以這數萬字以偏概全的意思。

以下是在寫此書時參考過的所有資料。資料的屬性偏大眾化，所以就算不是熱衷學術範疇的你都可以放心閱讀。

由於大部分都是由我於編寫時從英文翻譯成中文，內容以參考資料的原文為準，如有任何錯漏，均屬我於翻譯上的錯誤。

The 7th Wreck. 2005. Why Not to use Quicklime to dispose of a corpse. Retrieved from: http://the7thwreck.wordpress.com/2005/12/25/why-not-to-use-quicklime-to-dispose-of-a-corpse/

Almazan, S. n.d.. Undying Love: Carl Tanzler's Mummified Dream Girl. *The Line Up*. Retrieved from: http://www.the-line-up.com/carl-tanzler-mummy-dream-girl/

Altman, L.K. 2000, June 06. From the Life of Evita, a New Chapter on Medical Secrecy. *The New York Times*, Science. Retrieved from: https://partners.nytimes.com/library/national/science/health/060600hth-doctors.html

Ancient Origins. 2015, March 03. Fire Mummies - The Smoked Human Remains of the Kabayan Caves. Retrieved from: http://www.ancient-origins.net/history/fire-mummies-smoked-human-remains-kabayan-caves-002734

Ancient Pages.com. 2014, July 03. America's Mysterious Pedro Mountain Mummy and the Hidden Race of Little People. Retrieved from: http://www.ancientpages.com/2014/07/03/americas-mysterious-pedro-mountain-mummy-and-the-hidden-race-of-little-people/

Atlas Obscura. 2017. Timbac Mummies of the Philippines. Retrieved from: http://www.atlasobscura.com/places/timbac-mummies-of-the-philippines

Atlas Obscura. n.d. La Pascualita. Retrieved from: http://www.atlasobscura.com/places/la-pascualita

Beckett, R. G. and A. J., Nelson. 2015, May 22. Mummy Restoration Project Among the Anga of Papua New Guinea. *The Anatomical Record*, Volume 298, Issue 6, June 2015, pp. 1013-1025.

Blakemore, E. 2015, June 24. In Egypt, There Was Once A Tomb Full Of Eight Million Dog Mummies. *Smithsonian Magazine*. Retrieved from: https://www.smithsonianmag.com/smart-news/found-8-million-dog-mummies-180955679/

Burkhardt, M. 2019, January 1. Hazel Farris: The Mummy of Bessemer, Alabama. Mummy Stories. Retrieved from: https://www.mummystories.com/single-post/MadelineBurkhardt

Confessions Of A Funeral Director. Retrieved from: https://www.calebwilde.com/2014/07/the-corpse-bride-of-mexico-is-this-a-dead-girl-or-a-mannequin/

Cool Weirdo. 2012, October 14. La Pascualita – Dead Bride and Other Weird Mannequins. Retrieved from: http://www.coolweirdo.com/la-pascualita-dead-bride-andotherweird-mannequins.html

Corthals, A. et al. 2012. Detecting the Immune System Response of a 500 Year-Old Inca Mummy. PLOS ONE, 7(7): e41244.

DHWTY. 2014, May 30. Egyptian Mummies- to unwrap or not to unwrap? Ancient Origins. Retrieved from: https://www.ancient-origins.net/ancient-technology/egyptian-mummies-unwrap-or-not-unwrap-001703

Diesel, A. 2008. Felines and Female Divinities: The Association of Cats with Goddesses, Ancient and Contemporary. *Journal for the Study of Religion*, 21(1):71-94.

Dr. Mirkin.com. Eva Peron and Cervical Cancer. Retrieved from: http://www.drmirkin.com/women/8724.html

Feldman M, Hershkovitz I, Sklan EH, Kahila Bar-Gal G, Pap I, Szikossy I, et al. 2016. Detection of a Tumor Suppressor Gene Variant Predisposing to Colorectal Cancer in an 18th Century Hungarian Mummy. PLoS ONE 11(2): e0147217. https://doi.org/10.1371/journal.pone.0147217

Fisher, F. 1994, August 05. Famous Corpse for 66 Years Finally Laid to Rest. *Associated Press*. Retrieved from: http://www.apnewsarchive.com/1994/Famous-Corpse-for-66-Years-Finally-Laid-to-Rest/id-c26fbbcecdf99d1259da280958e65545

France-Presse, A. 2015, April 08. Mummified corpses in Hungarian crypt reveal clues to tuberculosis origins. *The Guardian*. Retrieved from: https://www.theguardian.com/world/2015/apr/08/mummified-corpses-in-hungarian-crypt-reveal-clues-to-tuberculosis-origins

Francone, P. n.d. Velorio del Angelito- Latin America's Little Angels. MySendoff. Retrieved from: https://mysendoff.com/2012/10/velorio-del-angelito-latin-americas-fallen-angels/

French, K.C. 2015, August 06. The Curious Case of the Bog Bodies. *Nautilus*. Retrieved from: http://nautil.us/issue/27/dark-matter/the-curious-case-of-the-bog-bodies

Frost, N. 2018, December 17. Archaeologists have unearthed a 4400-year-old Egyptian tomb in immaculate condition. *Quartz*. Retrieved from: https://qz.com/1497503/archaeologists-find-a-4400-year-old-egyptian-tomb-in-saqqara/

Fugleberg, J. 2013, October 31. The Mysterious Pedro Mountain Mummy. *Atlas Obscura*. Retrieved from: https://www.atlasobscura.com/articles/31-days-of-halloween-wyomings-pedro-mountain-mummy

Gaia. 2017. Unearthing Nazca. Retrieved from: https://www.gaia.com/lp/unearthing-nazca-members/

Geggel, L. 2016, December 09. Smallpox Found in Lithuanian Mummy Could Rewrite Virus' History. *Live Science*. Retrieved from: https://www.livescience.com/57164-oldest-smallpox-strain-found-in-mummy.html

Geggel, L. 2015, March 9. Ancient Chilean Mummies Now Turning into Black Ooze: Here's Why. *Live Science*. Retrieved from: https://www.livescience.com/50090-chinchorro-mummies-chile.html

Ghose, T. 2015, May 22. Smoked Mummy Helps Villagers Connect with 'Ghost World." *Live Science*. Retrieved from: https://www.livescience.com/50947-smoked-mummies-papua-new-guinea.html

Goni, U. 2005, September 21. Protest over child mummies. *The Guardian*. Retrieved from: https://www.theguardian.com/world/2005/sep/21/argentina.mainsection

The Guardian. 2018, November 11. Dozens of cat mummies found in 6000-year-old tombs in Egypt. Retrieved from: https://www.theguardian.com/science/2018/nov/11/dozens-of-cat-mummies-found-in-6000-year-old-tombs-in-egypt

Guerra, J. 2014, October 27. Morbid Monday: The Macabre Romance of a Man and a Mummy. *Atlas Obscura*. Retrieved from: http://www.atlasobscura.com/articles/morbid-monday-the-macabre-romance-of-a-man-and-a-mummy

Gupta, R., Markowitz, Y., Berman, L. and Chapman, P. 2008. High-Resolution Imaging of an Ancient Egyptian Mummified Head: New Insights into the Mummification Process. *American Journal of Neuroradiology* April 2008, 29(4): 705-713

Handwerk, B. 2013, July 29. Inca Child Sacrifice Victims were Drugged. *National Geographic*. Retrieved from: https://news.nationalgeographic.com/news/2013/07/130729-inca-mummy-maiden-sacrifice-coca-alcohol-drug-mountain-andes-children/

Hawass, Z. 2010, September. King Tut's Family Secrets. *National Geographic Magazine*. Retrieved from: http://ngm.nationalgeographic.com/2010/09/tut-dna/hawass-text/1

Hawass Z. et al. 2010. Ancestry and Pathology in King Tutankhamun's Family. *American Medical Association*, Vol 303, No.7. pp 638-47.

Heaney, C. 2017, August 01. The Racism Behind Alien Mummy Hoaxes. *The Atlantic*. Retrieved from: https://www.theatlantic.com/science/archive/2017/08/how-to-fake-an-alien-mummy/535251/

Heaney, C. 2015, August 28. The Fascinating Afterlife of Peru's Mummies. Smithsonian, Travel. Retrieved from: https://www.smithsonianmag.com/travel/fascinating-afterlife-perus-mummies-180956319/

Henderson, K. 2013, November 03. King Tutankhamun: Ancient Mystery Finally Solved. *Liberty Voice*. Retrieved from: http://guardianlv.com/2013/11/king-tutankhamun-ancient-mystery-finally-solved/

Henriques, M. 2018, September 14. A frozen graveyard: The sad tales of Antarctica's deaths. *BBC*, Future. Retrieved from: http://www.bbc.com/future/story/20180913-a-frozen-graveyard-the-sad-tales-of-antarcticas-deaths

Hester, J.L. 2018, November 29. Mummifying a Beetle is a Lot Easier Than Mummifying a Cat. *Atlas Obscura*. Retrieved from: https://www.atlasobscura.com/articles/how-to-mummify-insects

Hill, J. 2010. Curse of Tutankhamun's tomb. *Ancient Egypt Online*. Retrieved from: http://www.ancientegyptonline.co.uk/tutcurse.html

Hollon, S. n.d. Have you ever heard of the strange story of Hazel the Mummy? *Alabama Pioneers*. https://www.alabamapioneers.com/have-you-ever-heard-of-the-strange-story-of-hazel-the-mummy/

Holloway, A. 2014, February 08. Unravelling the Genetics of Elongated Skulls- Transcript of Interview with Brien Foerster. Ancient Origins. Retrieved from: http://www.ancient-origins.net/news-evolution-human-origins/initial-dna-analysis-paracas-transcript-399284

Holloway, A. 2017, January 09. Bizarre 3-Fingered Mummified Hand Found in A Tunnel in the Peruvian Desert. *Ancient Origins*. Retrieved from: http://www.ancient-origins.net/news-mysterious-phenomena/bizarre-3-fingered-mummified-hand-found-tunnel-peruvian-desert-007340

Hong Kong Marfan Syndrome Association. 2009. Retrieved from: http://www.marfan.org.hk/marfan1.php

Hughes, T. n.d. Death of Eva Peron.. First lady of Argentina. *Rare & Early Newspapers*. Retrieved from: http://www.rarenewspapers.com/view/581556

Human Marvel. n.d. Elmer McCurdy: the Wandering Dead. Retrieved from: http://www.thehumanmarvels.com/elmer-mccurdy-the-wandering-dead/

Hungary Today, *History Science*. 2016, April 28. Hungarian Mummies of Vác Reveal the Evidence of C-Section in Humans. Retrieved from: http://hungarytoday.hu/news/hungarian-mummies-vac-reveals-evidence-c-section-humans-52067

Ikram, S. 2015. 2n ed. (ed.) *Divine Creatures: Animal Mummies in Ancient Egypt*. Cairo: American University in Cairo.

Jarus, O. 2016, April 01. Tutankhamun: The Life & Death of the Boy Pharaoh. *Live Science*, History. Retrieved from: https://www.livescience.com/54090-tutankhamun-king-tut.html

Jeremiah, K. 2014. *Eternal Remains: World Mummification and the Beliefs that make it Necessary*. Sarasota: First Edition Design Publishing, Inc.

Karasavvas, T. 2018, July 08. Civil War in Yemen Threatens Millennia-Old Mummies and Other Cultural Treasures. *Ancient Origins*. Retrieved from: https://www.ancient-origins.net/news-history-archaeology/civil-war-yemen-threatens-millennia-old-mummies-and-other-cultural-021387

Karoff, P. 2015, March 9. Saving Chilean mummies from climate change. *Harvard School of Engineering and Applied Sciences*. Retrieved from: https://www.seas.harvard.edu/news/2015/03/saving-chilean-mummies-from-climate-change

Katz, Leslie. 2017, June 05. Ancient Peruvian priestess finally shows her 3D-printed face. *CNet.com*. Retrieved from: https://www.cnet.com/news/lady-of-cao-face-peruvian-3d-printing/

Kaushik. 2015, December 11. The Smoked Corpses of Aseki, Papua New Guinea. *Amusing Planet*. Retrieved from: http://www.amusingplanet.com/2015/12/the-smoked-corpses-of-aseki-papua-new.html

Kavanagh, G. 2012, November 01. The sleeping beauty of Loulan. Listverse, Humans. Retrieved from: http://listverse.com/2012/11/01/the-sleeping-beauty-of-loulan/

Kelly, E. 2017, August 08. Did the Victorians Really Host Mummy Unwrapping Parties? *All That's Interesting.com*. Retrieved from: https://allthatsinteresting.com/mummy-unwrapping-parties

Lallanilla, M. 2013, November 04. Crashed and Burned: How King Tut Died. *Live Science*. Retrieved from: http://www.livescience.com/40925-king-tuts-death-spontaneous-combustion.html

Lammie, R. n.d. Strange States: Florida's Corpse Bride. *Mental Floss*. Retrieved from: http://mentalfloss.com/article/53162/strange-states-floridas-corpse-bride

Lange, K.E. 2007, September. Tales from the Bog. *National Geographic*. Retrieved from: http://ngm.nationalgeographic.com/2007/09/bog-bodies/bog-bodies-text.html

Levine, J. 2017, May. Europe's Famed Bog Bodies Are Starting to Reveal their Secrets. *Smithsonian Magazine*. Retrieved from: http://www.smithsonianmag.com/science-nature/europe-bog-bodies-reveal-secrets-180962770/

The LineUp. n.d.. Elmer McCurdy: The Outlaw Mummy of Oklahoma. Retrieved from: http://www.the-line-up.com/elmer-mccurdy-mummy-man/

Lobell, J.A. and Patel, S.S. 2010, May. Cloneycavan and Old Croghan Men. *Archaeology*, Vol. 63, no.3, May/June 2010. Retrieved from: http://archive.archaeology.org/1005/bogbodies/clonycavan_croghan.html

Los Angeles Times. 1994, August 06. Town's Propped-up Celebrity Laid to Rest at Last. Retrieved from: http://articles.latimes.com/1994-08-06/news/mn-24136_1_rest-laid-celebrity

Loughrey, C. 2016, March 02. Javier Botet: could the 6'7", 120 pounds actor be horror's saviour? *Independent*. Retrieved from: http://www.independent.co.uk/arts-entertainment/films/news/javier-botet-could-the-67-120-pounds-actor-be-horrors-saviour-a6905586.html

MacDonald, J. 2018, November 27. Why Ancient Egyptians Loved Cats So Much. *JSTOR Daily*. Retrieved from: https://daily.jstor.org/why-ancient-egyptians-loved-cats-so-much/

Malek, J. 1933. *The CAT in Ancient Egypt*. London: The British Museum Press.

Mandapati, M. 2017, April 03. Dead or Undead: The Museum of Mummies in Vac, Hungary. *Make My Trip*. Retrieved from: https://www.makemytrip.com/blog/mummification-in-hungary

Markel, H. 2016, November 04. Unlocking the medical mysteries of King Tut's Tomb. *PBS News*. Retrieved from: http://www.pbs.org/newshour/updates/discovery-king-tuts-tomb/

Mcdermott, A. 2017, June 20. Paradigm Shift Required? 3-Fingered Mummified Humanoid Found in Peru May Change the Story of Human Origins. Retrieved from: http://www.ancient-origins.net/news-evolution-human-origins/paradigm-shift-required-3-fingered-mummified-humanoid-found-peru-may-021451

Medical Bag. Eva "Evita" Perón. Retrieved from: http://www.medicalbag.com/what-killed-em/eva-evita-peron/article/486643/

Meier, A. 2013, October 01. The Mummy Everyone Forgot Was Real. *Atlas Obscura*. Retrieved from: http://www.atlasobscura.com/articles/31-days-of-halloween-day-1-elmer-mccurdy

Message To Eagle, 2016, July 09. Strange Mummies of Venzone: Ancient Bodies that Never Decompose Remain An Unsolved Mystery. Retrieved from: http://www.messagetoeagle.com/strange-mummies-venzone-ancient-bodies-never-decompose-remain-unsolved-mystery/

Meyeres-Emery, K. 2013, August 08. New Morbid Terminology: Quicklime. *Bones Don't Lie*. Retrieved from: https://bonesdontlie.wordpress.com/2013/08/08/new-morbid-terminology-quicklime/

Mikanowski, J. 2016, March 11. Were the Mysterious Bog People Human Sacrifice? *The Atlantic*. Retrieved from: https://www.theatlantic.com/science/archive/2016/03/were-europes-mysterious-bog-people-human-sacrifices/472839/

Museum of Fine Arts, Boston. The Secrets of Tomb 10A: Egypt 2000 BC. Retrieved from: https://www.mfa.org/exhibitions/secrets-tomb-10a

The Museum of Hoaxes. 2005, December 21. La Pascualita, the Mexican Corpse Bride. Retrieved from: http://hoaxes.org/weblog/comments/la_pascualita_the_mexican_corpse_bride

National Geographic. 2009, January 26. Lost "Sleeping Beauty" Mummy Formula Found. Retrieved from: http://news.nationalgeographic.com/news/2009/01/090126-sicily-mummy.html

News and Sentinel. n.d. Mummies on display in Philippi. Retrieved from: http://www.newsandsentinel.com/news/community-news/2016/09/mummies-on-display-in-philippi/

Nikalaidou, D. 2016, February 23. Victorian Party People Unroll Mummies For Fun. *Atlas Obscura*. Retrieved from: https://www.atlasobscura.com/articles/victorian-party-people-unrolled-mummies-for-fun

NPR.org. 2015, January 09. The Long, Strange, 60-Year Trip of Elmer McCurdy. Retrieved from: http://www.npr.org/2015/01/09/376097471/the-long-strange-60-year-trip-of-elmer-mccurdy

Nystrom, K.C. 2019. *The Bioarachaeology of Mummies*. New York: Routledge

O' Brien, R. 2016, October 28. Chile seeks help to protect world's oldest mummies. *Reuters*. Retrieved from: https://uk.reuters.com/article/us-chile-mummies/chile-seeks-help-to-protect-worlds-oldest-mummies-idUKKCN12R2O4

Peterson, C. 2010, October 31. Did a mummy prove the legend? *Star Tribune*. Retrieved from: https://trib.com/lifestyles/weekender/did-a-mummy-prove-the-legend/article_89ec3ff7-852a-52b1-a235-78fe97cd4b1a.html

Petsko, E. 2018, September 18. There Could Be Hundreds of Frozen Corpses Buried Beneath Antarctica's Snow and Ice. *Mental Floss*. Retrieved from: http://mentalfloss.com/article/557579/there-could-be-hundreds-frozen-corpses-buried-beneath-antarcticas-snow-and-ice

PHYS.ORG. 2017, May 11. Yemen war threatens millennia-old mummies. Retrieved from: https://phys.org/news/2017-05-yemen-war-threatens-millennia-old-mummies.html

Piombini-Mascali, D. et al. 2014. Skeletal Pathological Conditions of Lithuanian Mummies. Papers on Anthropology XXIII/1, 2014, pp.118-126

Piombino- Mascali, D. et al. 2009. The Salafia method rediscovered. Virchows Arch. 2009 Mar;454(3):355-7. doi: 10.1007/s00428-009-0738-6

Ponic, J. 2016, December 27. Rosalia Lombardo: The Child Mummy. *Owlcation*. Retrieved from: https://owlcation.com/humanities/RosaliaLombardo

Pro Loco Pro Venzone. The Mummies of Venzone. Retrieved from: http://www.venzoneturismo.it/en/visit-venzone/permanent-museums/

Powell, E.A. 2014, March. Messengers to the Gods. Archaeology. Retrieved from: https://www.archaeology.org/issues/124-1403/features/1724-egypt-animal-mummies-brooklyn-museum#art_page2

Pressly, L. 2012, July 26. The 20-year odyssey of Eva Peron's body. *BBC Radio 4*. Retrieved from: http://www.bbc.com/news/magazine-18616380

Pruitt, S. 2017, June 05. Lithuanian Mummies Reveal Their Secrets to Scientists. *History*. Retrieved from: http://www.history.com/news/lithuanian-mummies-reveal-their-secrets-to-scientists

Quigley, C. 2006. *Modern Mummies: The Preservation of the Human Body in the Twentieth Century*. North Carolina: McFarland & Company

Radford, B. 2014, March 21. The Curse of King Tut: Facts & Fable. *Live Science*, History. Retrieved from: http://www.livescience.com/44297-king-tut-curse.html

Rath, A. 2015, July 04. Millions of Mummified Dogs Found in Ancient Egyptian Catacombs. NPR.org. Retrieved from: https://www.npr.org/templates/transcript/transcript.php?storyId=418079713

Reese, M. R. 2014, September 19. The Mystery of the San Pedro Mountains Mummy. *Ancient Origins*. Retrieved from: https://www.ancient-origins.net/unexplained-phenomena/mystery-san-pedro-mountains-mummy-002088

Reuters. 2017, May 02. Ancient mummies rot as Yemen war vexes even the dead. Retrieved from: https://www.reuters.com/article/us-yemen-security-mummies/ancient-mummies-rot-as-yemen-war-vexes-even-the-dead-idUSKBN17Y16M

Roadside America.com. n.d. Mummies of the Insane. Retrieved from: http://www. roadsideamerica.com/story/2930

Rogers, B. 2013, May 09. Unveiling Mummies. Egypt Centre, Swansea Museum of Egyptian Antiquities Blog. Retrieved from: http://egyptcentre.blogspot. com/2013/05/guest-post-unveiling-mummies.html

Salima Ikram.com. 2018. Animal Mummy Project: About. Retrieved from: https:// www.salimaikram.com/

Science Alert. 2017, December 24. The Oldest Mummies in the World Are Turning into Black Slime. Retrieved from: http://www.sciencealert.com/the-world-s-oldest-mummies-are-turning-into-black-slime-why

The Seattle Times. 1994, June 26. 'Speedy' Gets Slow Burial, 66 Years Late— Preserved Body Kept in Funeral Home's Closet Since 1928. Retrieved from: http:// community.seattletimes.nwsource.com/archive/?date=19940626&slug=1917542

Sims, C. August 10, 1996. 'Miracle Child' and Answered Prayers. The New York Times. Retrieved from: https://www.nytimes.com/1996/08/10/world/miracle-child-and-answered-prayers.html

Sims, C. 1995, July 30. Eva Peron's Corpse Continues to Haunt Argentina. *The New York Times*, World. Retrieved from: http://www.nytimes.com/1995/07/30/ world/eva-peron-s-corpse-continues-to-haunt-argentina.html

Smith, K. N. 2018, September 25. Mummy of paraplegic child shows how Peru's Nasca culture treated disability. Ars Technica. Retrieved from: https://arstechnica. com/science/2018/09/mummy-of-paraplegic-child-shows-how-perus-nasca-culture-treated-disability/

St. Fleur, N. 2018, April 02. The F.B.I. and the Mystery of the Mummy's Head. *The New York Times*. Retrieved from: https://www.nytimes.com/2018/04/02/science/mummy-head-fbi-dna.html

St Fleur, N. 2017, June 02. The Mummies' Medical Secrets? They're Perfectly Preserved. *The New York Times*. Retrieved from https://www.nytimes.com/2017/06/02/science/mummies-smallpox-vilnius-lithuania-crypt.html?

Theresa HPIR. 2011, March 02. Theresa's Haunted History of the Tri-State. Retrieved from: http://theresashauntedhistoryofthetri-state.blogspot.com.cy/2011/03/mummies-in-phillipi-wv.html

UNESCO World Heritage Centre. Kabayan Mummy Burial Caves. Retrieved from: http://whc.unesco.org/en/tentativelists/2070/

Werr, P. 2018, November 10. Ancient Egyptian tombs yield rare find of mummified scarab beetles. Reuters. Retrieved from: https://www.reuters.com/article/us-egypt-archaeology-discovery-idUSKCN1NF0KY

Wilde, C. 2014, July. The Corpse Bride of Mexico: Is this a dead girl or a mannequin?

Wilcox, C. 2018, October 03. In a Study of Human Remains, Lessons in Science (and Cultural Sensitivity). Un Dark. Retrieved from: https://undark.org/article/atacama-alien-chile-culture-ethics/

Williams, A.R. 2005, June. King Tut Revealed: Modern forensics and high-tech imaging offer new insights into his life—and death. *National Geographic*. Retrieved from: http://ngm.nationalgeographic.com/2005/06/king-tut/williams-text

Williams, A. 2017, July 04. CSI Tools Bring a Mummy's Face to Life. *National Geographic*. Retrieved from: http://news.nationalgeographic.com/2017/06/csi-tools-mummy-moche-peru-cao-brujo/

Williams, A. 2006, June. Mystery of the Tattooed Mummy. *National Geographic*. Retrieved from: http://ngm.nationalgeographic.com/2006/06/mystery-mummy/williams-text

Wong, E. 2008, November 18. The Dead Tell a Tale China Doesn't Care to Listen to. *The New York Times*. Retrieved from: http://www.nytimes.com/2008/11/19/world/asia/19mummy.html

Wynarczyk, N. 2016, October 24. Uncovering the Dead at a Victorian Mummy Unwrapping Party. *Broadly Vice*. Retrieved from: https://broadly.vice.com/en_us/article/mbqagn/uncovering-dead-victorian-mummy-unwrapping-party

李衍蒨。2018年11月20日。阿根廷奇蹟小天使Miguelito。立場新聞，取自：https://www.thestandnews.com/cosmos/%E9%98%BF%E6%A0%B9%E5%BB%B7%E5%A5%87%E8%B9%9F%E5%B0%8F%E5%A4%A9%E4%BD%BF-miguelito/

李衍蒨。2018年05月08日。Mummy Brown：木乃伊製的顏色。立場新聞，取自：https://www.thestandnews.com/art/mummy-brown-%E6%9C%A8%E4%B9%83%E4%BC%8A%E8%A3%BD%E7%9A%84%E9%A1%8F%E8%89%B2/

李衍蒨。2018年06月28日。F.B.I. 與神秘木乃伊頭（一）。CUP 媒體，取自：http://www.cup.com.hk/2018/06/28/winsome-lee-fbi-mummy-head-dna-1/

李衍蒨。2018年07月05日。F.B.I. 與神秘木乃伊頭（二）。CUP 媒體，取自：
http://www.cup.com.hk/2018/07/05/winsome-lee-fbi-mummy-head-dna-2/

李衍蒨。2017年08月08日。世界木乃伊系列：西維珍尼亞州來自精神病院
的木乃伊。立場新聞，取自：https://thestandnews.com/cosmos/%E4%B8%96
%E7%95%8C%E6%9C%A8%E4%B9%83%E4%BC%8A%
E7%B3%BB%E5%88%97-%E8%A5%BF%E7%B6%AD%
E7%8F%8D%E5%B0%BC%E4%BA%9E%E5%B7%9E%E
4%BE%86%E8%87%AA%E7%B2%BE%E7%A5%9E%E7%97%85%E9%99
%A2%E7%9A%84%E6%9C%A8%E4%B9%83%E4%BC%8A/

李衍蒨。2017年08月29日。世界木乃伊系列：秘魯莫奇文化的 Lady of
Cao。立場新聞，取自：https://thestandnews.com/cosmos/%E4%B8%96%E7
%95%8C%E6%9C%A8%E4%B9%83%E4%BC%8A%E7
%B3%BB%E5%88%97-%E7%A7%98%E9%AD%AF%E8
%8E%AB%E5%A5%87%E6%96%87%E5%8C%96%E7%
9A%84-lady-of-cao/

李衍蒨。2017年08月01日。世界木乃伊系列：肯塔基州的木乃伊 Speedy。
立場新聞，取自：https://thestandnews.com/cosmos/%E4%B8%96%E7%95%8
C%E6%9C%A8%E4%B9%83%E4%BC%8A%E7%B3%BB
%E5%88%97-%E8%82%AF%E5%A1%94%E5%9F%BA%
E5%B7%9E%E7%9A%84%E6%9C%A8%E4%B9%83%E4
%BC%8A-speedy/

216

李衍蒨。2017 年 07 月 25 日。世界木乃伊系列：菲律賓的「火系木乃伊 (Kabayan Mummies)」。立場新聞，取自：https://thestandnews.com/cosmos/%E4%B8%96%E7%95%8C%E6%9C%A8%E4%B9%83%E4%BC%8A%E7%B3%BB%E5%88%97-%E8%8F%B2%E5%BE%8B%E8%B3%93%E7%9A%84-%E7%81%AB%E7%B3%BB%E6%9C%A8%E4%B9%83%E4%BC%8A-kabayan-mummies/

李衍蒨。2017 年 07 月 11 日。世界木乃伊系列：古埃及圖坦卡門雙胞胎女兒木乃伊。立場新聞，取自：https://thestandnews.com/cosmos/%E4%B8%96%E7%95%8C%E6%9C%A8%E4%B9%83%E4%BC%8A%E7%B3%BB%E5%88%97-%E5%8F%A4%E5%9F%83%E5%8F%8A%E5%9C%96%E5%9D%A6%E5%8D%A1%E9%96%80%E9%9B%99%E8%83%9E%E8%83%8E%E5%A5%B3%E5%85%92%E6%9C%A8%E4%B9%83%E4%BC%8A/

李衍蒨。2017 年 07 月 04 日。世界木乃伊系列：立陶宛小孩木乃伊與「天花」的故事。立場新聞，取自：https://thestandnews.com/cosmos/%E4%B8%96%E7%95%8C%E6%9C%A8%E4%B9%83%E4%BC%8A%E7%B3%BB%E5%88%97-%E7%AB%8B%E9%99%B6%E5%AE%9B%E5%B0%8F%E5%AD%A9%E6%9C%A8%E4%B9%83%E4%BC%8A%E8%88%87-%E5%A4%A9%E8%8A%B1-%E7%9A%84%E6%95%85%E4%BA%8B/

李衍蒨。2017 年 06 月 27 日。世界木乃伊系列：匈牙利 265 具「意外」木乃伊。立場新聞，取自：https://thestandnews.com/cosmos/%E4%B8%96%E7%95%8C%E6%9C%A8%E4%B9%83%E4%BC%8A%E7%B3%BB%E5%88%97-%E5%8C%88%E7%89%99%E5%88%A9-265-%E5%85%B7-%E6%84%8F%E5%A4%96-%E6%9C%A8%E4%B9%83%E4%BC%8A/

李衍蒨。2017年06月20日。世界木乃伊系列：意大利西西里「眨眼」睡公主 Rosalia Lombardo。立場新聞，取自：https://thestandnews.com/cosmos/%E4%B8 %96%E7%95%8C%E6%9C%A8%E4%B9%83%E4%BC% 8A%E7%B3%BB%E5%88%97-%E6%84%8F%E5%A4%A 7%E5%88%A9%E8%A5%BF%E8%A5%BF%E9%87%8C- %E7%9C%A8%E7%9C%BC-%E7%9D%A1%E5%85%AC%E4%B8%BB- rosalia-lombardo/

李衍蒨。2017年06月13日。世界木乃伊系列：巴布亞新畿內亞的煙燻木乃 伊。立場新聞，取自：https://thestandnews.com/cosmos/%E4%B8%96%E7% 95%8C%E6%9C%A8%E4%B9%83%E4%BC%8A%E7%B3%BB %E5%88%97-%E5%B7%B4%E5%B8%83%E4%BA%9E%E6%96% B0%E7%95%BF%E5%85%A7%E4%BA%9E%E7%9A%84%E7%85%99%E7% 87%BB%E6%9C%A8%E4%B9%83%E4%BC%8A/

李衍蒨。2017年06月06日。阿根廷 Don't Cry for me Argentina 的伊娃貝隆。 立場新聞，取自：https://thestandnews.com/cosmos/%E9%98%BF%E6%A0%B 9%E5%BB%B7-don-t-cry-for-me-argentina-%E7%9A%84%E4 %BC%8A%E5%A8%83%E8%B2%9D%E9%9A%86/

李衍蒨。2017年05月29日。Talking Dead：古埃及木乃伊。立場新聞，取自： https://thestandnews.com/cosmos/talking-dead-%E5%8F%A4%E5%9F%83%E 5%8F%8A%E6%9C%A8%E4%B9%83%E4%BC%8A/

李衍蒨。2017年05月22日。世界木乃伊系列：愛爾蘭的「末路皇帝」。立場 新聞，取自：https://thestandnews.com/cosmos/%E4%B8%96%E7%95%8C%E6% 9C%A8%E4%B9%83%E4%BC%8A%E7%B3%BB%E5%88%97- %E6%84%9B%E7%88%BE%E8%98%AD%E7%9A%84-%E6%9C %AB%E8%B7%AF%E7%9A%87%E5%B8%9D/

李衍蒨。2017 年 05 月 05 日。世界木乃伊系列：丹麥圖論男子的「完美屍體」。 立場 新 聞， 取 自：https://thestandnews.com/cosmos/%E4
%B8%96%E7%95%8C%E6%9C%A8%E4%B9%83%E4%BC
%8A%E7%B3%BB%E5%88%97-%E4%B8%B9%E9%BA%A5-
%E5%9C%96%E8%AB%96%E7%94%B7%E5%AD%90-%E7%9A%84-
%E5%AE%8C%E7%BE%8E%E5%B1%8D%E9%AB%94/

李衍蒨。2017 年 04 月 21 日。世界木乃伊系列：墨西哥怪誕「屍」新娘？。
立 場 新 聞， 取 自：https://thestandnews.com/cosmos/%E4%B8%96%E7%95%
8C%E6%9C%A8%E4%B9%83%E4%BC%8A%E7%B3%B
B%E5%88%97-%E5%A2%A8%E8%A5%BF%E5%93%A5-
%E6%80%AA%E8%AA%95-%E5%B1%8D-%E6%96%B0%E5%A8%98/

李 衍 蒨。2017 年 02 月 24 日。Dr. Carl 與「女 神」的 另 類 愛 情。立 場
新 聞， 取 自：https://thestandnews.com/cosmos/dr-carl-%E8%88%87-
%E5%A5%B3%E7%A5%9E-%E7%9A%84%E5%8F%A6%E9%A1%
9E%E6%84%9B%E6%83%85/

李衍蒨。2017 年 02 月 06 日。鬼屋裡被遺忘的人屍模型。立場新聞，取自：
https://thestandnews.com/cosmos/%E9%AC%BC%E5%B1%8B%E8%A3%A1%E
8%A2%AB%E9%81%BA%E5%BF%98%E7%9A%84%E4%BA%
BA%E5%B1%8D%E6%A8%A1%E5%9E%8B/

李衍蒨。2016 年 12 月 09 日。世界十大謎案：古埃及法老王圖坦卡門之謎
（下）。立 場 新 聞， 取 自：https://thestandnews.com/cosmos/%E4%B8%96%E
7%95%8C%E5%8D%81%E5%A4%A7%E8%AC%8E%E6
%A1%88-%E5%8F%A4%E5%9F%83%E5%8F%8A%E6%B3
%95%E8%80%81%E7%8E%8B%E5%9C%96%E5%9D%A
6%E5%8D%A1%E9%96%80%E4%B9%8B%E8%AC%8E-%E4%B8%8B/

李衍蒨。2016 年 11 月 30 日。世界十大謎案：古埃及法老王圖坦卡門之謎（上）。立場新聞，取自：https://thestandnews.com/cosmos/%E4%B8%96%E7%95%8C%E5%8D%81%E5%A4%A7%E8%AC%8E%E6%A1%88-%E5%8F%A4%E5%9F%83%E5%8F%8A%E6%B3%95%E8%80%81%E7%8E%8B%E5%9C%96%E5%9D%A6%E5%8D%A1%E9%96%80%E4%B9%8B%E8%AC%8E-%E4%B8%8A/

李衍蒨 2018 年 05 月 20 日。世界木乃伊系列：意大利文佐內的神秘木乃伊。立場新聞，取自：https://www.thestandnews.com/cosmos/%E4%B8%96%E7%95%8C%E6%9C%A8%E4%B9%83%E4%BC%8A%E7%B3%BB%E5%88%97-%E6%84%8F%E5%A4%A7%E5%88%A9%E6%96%87%E4%BD%90%E5%85%A7%E7%9A%84%E7%A5%9E%E7%A7%98%E6%9C%A8%E4%B9%83%E4%BC%8A/

李衍蒨。2018 年 01 月 04 日。世界木乃伊系列：北智利與大自然競賽的古木乃伊。立場新聞，取自：https://www.thestandnews.com/cosmos/%E4%B8%96%E7%95%8C%E6%9C%A8%E4%B9%83%E4%BC%8A%E7%B3%BB%E5%88%97-%E5%8C%97%E6%99%BA%E5%88%A9%E8%88%87%E5%A4%A7%E8%87%AA%E7%84%B6%E7%AB%B6%E8%B3%BD%E7%9A%84%E5%8F%A4%E6%9C%A8%E4%B9%83%E4%BC%8A/

李衍蒨。2017 年 10 月 31 日。世界木乃伊系列：納斯卡三指木乃伊？。立場新聞，取自：https://www.thestandnews.com/cosmos/%E4%B8%96%E7%95%8C%E6%9C%A8%E4%B9%83%E4%BC%8A%E7%B3%BB%E5%88%97-%E7%B4%8D%E6%96%AF%E5%8D%A1%E4%B8%89%E6%8C%87%E6%9C%A8%E4%B9%83%E4%BC%8A/

李衍蒨。2017年09月05日。世界木乃伊系列：絲綢之路睡美人。立場
新聞，取自：https://www.thestandnews.com/cosmos/%E4%B8%96%E7%9
5%8C%E6%9C%A8%E4%B9%83%E4%BC%8A%E7%B3%BB
%E5%88%97-%E7%B5%B2%E7%B6%A2%E4%B9%8B%E8%B7
%AF%E7%9D%A1%E7%BE%8E%E4%BA%BA/

木乃伊不容易
──那些木乃伊生前死後的奇情怪事

作　　者　李衍蒨
責任編輯　吳愷媛
書籍設計　五十人
相片提供　Adobe Stock

蜂鳥出版
HUMMING PUBLISHING

在世界中哼唱，留下文字迴響。

出　　版　蜂鳥出版有限公司
地　　址　香港鰂魚涌七姊妹道 204 號駱氏工業大廈 9 樓
電　　郵　hello@hummingpublishing.com
網　　址　www.hummingpublishing.com
臉　　書　www.facebook.com/humming.publishing/

發　　行　泛華發行代理有限公司
印　　刷　嘉昱有限公司
初版一刷　2019 年 4 月
初版二刷　2019 年 8 月
定　　價　港幣 HK$98　新台幣 NT$430
國際書號　978-988-79406-6-1